萬應

明渺 著

目錄

序章

一望無際的白色世界裡，李家興漠然地轉轉身，向四周揮揮手。突然，出現一群穿著京劇行頭的熟悉面孔，李家盛、王家恩、何榮光、何榮耀，還有他心愛的曾婉馨。大家一擁而上，簇擁他大喊：「救世主！救世主！復仇成功啦！公平正義都回來啦！」李家興把每個人都賞了巴掌，再撥開眾人，牽起曾婉馨的雙手。而曾婉馨像新婚那天笑得嬌羞，少女一般低著頭，輕聲說道：「救世主，從今以後，我只屬於你一個人。」李家興喜出望外，一把將曾婉馨抱起：「走，睡覺，我們去睡覺。」

當李家興抱著曾婉馨，就像結婚典禮，眾人簇擁多麼風光，準備走向房間，一轉身卻見到飄渺如畫的萬應公廟，廟口前一個熟悉的身影，女童穿著李家興費盡心思挑選的小洋裝，哭腫的眼睛，看不清是對著李家興還是曾婉馨吶喊，裙襬底下不斷湧出鮮血，血如海浪浸過李家興的腳背。一時之間，李家興覺得雙手一輕——懷中本該嬌羞動人的曾婉馨變成一具枯骨。

「醒來了。」從沒看過開庭前竟然還能走到睡著的嫌犯，法警不耐煩地叫醒李家興，讓他從那個白色世界，墜入這個白色世界——白色的長廊、白色的地磚，有如綿延無盡的世界邊緣。法警們圍繞李家興身邊，絲毫沒有方才那個白色世界中的歡欣。

醒來之後，李家興雙眼無神看看法警們，再低頭繼續前進。這條路太無聊，唯一的樂趣是確保每一步都踩在白色地磚中心，「天上天下，唯我獨尊」當他內心為此得意洋洋時，卻已經走到門前。抬頭一看，檢察官、書記、辯護律師和記者，每個人將面目對著他，僅僅是對著他、看向他，但不看他。不知道是看不到他，還是看不起他。

「阿年，看清楚這些人的臉，總有一天，我要像對待王家恩一樣，對待他們。我要把這些人的女兒都搞一遍，還要他們叫我爸爸。」李家興喃喃低語，掃視眾人。

法官站上法庭，高高在上看著李家興，彷彿不是看一個人，而是看一條狗……不，看狗還會帶有一絲慈愛，而法官眼中，只有鄙夷。

「看那傢伙什麼嘴臉，等我們出去，還不找個蟻窩灌他屁股。」阿年在李家興身後說。

「對，我還要把他五花大綁，一邊被狗捅，一邊看我捅他女兒。」李家興咬牙切齒，彷彿勝利在望。

「開庭。」槌聲落下。

第一章

李家興的案件，是慘絕人寰的社會事件。雖然這麼說，卻是再普通不過的事件。這件案子之前，才發生有人離婚十年後，持槍射殺自己的前妻、前妻同居男友以及自己的親生兒子。相比之下，姦殺自己的女兒，似乎只是小巫見大巫。林奕含事件以來，很多女人在PTT、Facebook或Dcard等各式網路論壇，接露自己曾被親友猥褻、性侵等「右肩」的親身經歷。可是，臺灣也不少像是馬幼興一類，因為各種不同原因，被陷害作奸犯科的衰小男人。自從「母豬教」興起，與之針鋒相對的女性主義者也越來越多，其中是反串或是反反串，真真假假的，分不清楚。

我並不是為了討論臺灣的性別政治而思考。事實上，光是顧慮下一篇新聞、下個月薪水，就忙得我焦頭爛額。究竟為什麼，我的人生會走到這步呢？小時候聽母親說，父親不回家吃飯，是跟著警察去拍攝攻堅現場。我父親的名字非常特別，名叫「錢坤」。警察通常很討厭記者跟拍攻堅，擔心記者會把警力佈署隨意報導，導致攻堅失敗；或是利用骯髒手段強迫交換情報。可是我父親卻特別受到警察「寬待」，因為有這位「錢坤」隨同的攻堅任務，全部都能迅速解決。

母親說，父親身上似乎有扭轉「乾坤」的運勢。但是運氣用盡的那天，父親只是報導一般的道路剪綵新聞，一個黑道小弟衝出來槍殺政壇大哥，一陣混亂之中，流彈打死了他。誰也無法再次扭轉乾坤，救回他一命。這，就是物極必反吧？

我十分敬佩母親口中那位「錢坤」，從小就立志，要成為對得起良心的記者。但我不懂的是，為何父親要為我取名為「錢乾乾」？就讀音聽來，叫「錢錢錢」，太俗氣；就字面看來，叫「錢乾乾」，太窮酸。如果不是因為我景仰的「錢坤」為我取名，我早就改名換姓，或是讀國小的第一年，被霸凌到死。

從來沒有任何一位老師不提我的名字大作文章。從老師的玩笑裡，同學們得到欺負人的題材和默許。動手動腳的不多，多是嘴上不饒人。直到我讀國一那年，真的拿出美工刀，往班上綽號「大嘴巴」的嘴裡一刺……刀片雖然沒有推出，但足夠讓全校所有老師和學生閉嘴。

班級導師按照慣例，請我的母親立刻到校「深度訪談」。以前的老師與家長關係，和現在大不相同：現在的家長習慣一到學校就「據理力爭」，表示「我的孩子很乖」。母親跟以前大部分的家長一樣，走進導師室，看到我就是賞我一個巴掌，然後強押著我的後腦勺，不斷對老師還有「大嘴巴」鞠躬道歉。我心裡十分不甘願，用頸背抵抗母親的屈從，只覺得脖子特別痠痛。

「錢乾乾，還不快道歉！」母親在導師室大吼。她這句話，反倒惹得導師室裡其他老師忍不住笑出聲來。那些從指縫流出、遮掩不住的嘲笑，讓母親更加無地自容。

「道什麼歉？大嘴巴又沒怎樣。」我知道自己正在詭辯。如果當初推出刀片，他的人早就在醫院了。

班導看我一副吃軟不吃硬的樣子，決定來場道德勸說。沒想到，國父和蔣公的故事我聽不進耳朵，蘇格拉底和柏拉圖的話我也沒搞懂。手邊摸不到《論語》和《公民與道德》的班導，不知道哪來的靈光，隨口胡扯最誤人子弟的故事：「孔子說：『上士殺人用筆端，中士殺人用舌端，下士殺人用石端。』你不是想拿筆當個記者嗎？現在用刀片，連下等人都不如。」

這個破綻百出的故事，當下竟然將我唬得一愣一愣。往後，「美工刀恐嚇事件」和班導的「下士殺人說」，也深深影響我的未來。他的這番話，讓我更加篤定自己成為一名記者的理想，我決心用筆端制裁社會上的敗類；而「美工刀恐嚇事件」，則讓我的國中、高中甚至大學生活，再也沒有人敢對我的姓名開玩笑。

我滿腔的熱血，和平靜的耳根，只維持到大學畢業之後、第一次面試之前。一次又一次和位階中高主管的面試官交手，我瞭解何謂「權勢掌握詮釋」、體悟何謂「為五斗米折腰」。我的人生，開始陷落新聞業裡，顛沛徬徨。

＊

西元二〇一七年，和「母豬教」聲浪同樣強大的，還有「妓者不ey」；不同的是，許多政治正確的信徒，不惜為政治正確殉道的姿態，強力發聲，試圖打敗「母豬教徒」。可是記者呢？看見同行把溫度計插入雪中號稱積雪二十公分、詢問水牛為什麼要撞人、採訪豬隻為什麼要跳車、抄各大網路論壇當新聞，我跟觀眾一樣不以為然。但是畢業三年以來，各個大型傳統媒體、小型網路新媒體，都做半斤八兩的事。菜鳥如我，又能做到什麼改革？只好藉著不同上司都愛開「錢乾乾」的玩笑，反向過濾庸俗的媒體公司，最後終於在一間尚未開我玩笑的新媒體，從事超過半年的記者工作。光是這個年資，就值得我今晚開香檳慶祝。更令我振奮的，是這間公司的創辦人，是一群老派的媒體人，跟原公司理念不合而出走，所以堅持不做原公司的報導方式——再見了爆料公社、再見了八卦版，等我下班之後再找你們消遣吧。

終於找到合拍的公司，可是媒體人過飽和的新聞業，我還是倍感壓力。有時上午報導可喜可賀的同志成家，下午便馬不停蹄地採訪凶殺命案。越來越習慣社會上所有光怪陸離的事件，還來不及對眼前的景象道賀或致哀，就得趕忙記下現場紅著喜宴還是鮮血。那句著名的「你現在什麼感覺？」或許根本不是問受害者家屬，而是記者捫心自問。至少我常這樣自問，好讓自己還是個人。

這個時候，總經理特別請我，深入報導李家興的案件。對於性犯罪、殺人事件已經司空見慣的我，根本看不出來李家興的案件有什麼特別之處。反倒是總經理親自囑咐我這件事，比較令我在意。

「孫總，其實我不知道這件案子有什麼特別的地方……」我有點心虛地說出看法，畢竟這是第一次與總經理私下會談，還委以重任，深怕反駁他就丟了工作，「並不是性侵自己女兒是件小事，只是我資歷太淺，看不出來他會翻案，或有什麼不可告人的祕密。」

「小錢，你相信直覺嗎？」小錢這個綽號，是剛進公司時大家取的。創辦人之一是老錢，會計室主任錢小姐叫大錢，我因為最年輕，所以叫做小錢。聽起來很親切，就開開心心接受了。

「如果以前簽樂透有中獎，那我就信。不過我連兩百塊都沒有。」試圖緩和氣氛的策略奏效，總經理笑了出來。

「直覺是一種經驗長期累積，久而久之對事件的瞬間判斷。有些人會把經驗和直覺對立看待，但他們其實是一體的兩面。」總經理一邊說，一邊抽出一張便利貼，一面寫上「直覺」，一面寫上「經驗」。神情非常認真。

雖然想說「經驗無法幫忙簽中樂透頭彩」，但是看著總經理的表情嚴肅，我還是把話吞回去。

總經理見我沒有回話，把便利貼放下，手指飛快在他的玫瑰金 iphone 上打字，遞到我面前。去年二〇一六年，一篇火速在各個網路論壇傳開的專案追蹤報導——〈血是怎麼冷卻的〉——被推我面前。網路生命週期只有短短七天的今日，沒想到一年多以後，還有人記得這篇文章。該篇記者胡慕情，是一位專跑環境和社會運動的自由記者，在一片反廢死的聲浪中，發表〈血是怎麼冷卻的〉，試圖讓更多人瞭解殺人犯的成因。卻因為筆風略有小說筆法，被批評為私人創作而非中立報導，甚至被棒打為廢死，引發網友抵制。對於我個人，他是一位可敬的前輩；對於記者身分，卻是一個近乎可笑的警惕。才剛這麼想，接著我就笑不出來了。

「我很喜歡這篇文章。我希望你私下幫我替李家興的案件，做一份這樣的報導。」孫總從我手中抽了玫瑰金 iphone，又用這句話抽了我一記耳光，「你知道臺灣風氣，很討厭這類報導。但是風向開始變了：昨天槍決鄭捷，今天一樣有殺人犯。明眼人都知道，死刑阻止不了殺人犯。公司需要一點不一樣的聲音，面對臺灣層出不窮的殺人事件。沒準，廢死會成為婚姻平權之後，下一波社會風潮。到時候我們公司，就會跟那些傳統媒體劃開界線……」

孫總越說越激昂，他磅礴的演說應該錄下來才對，不然只有我一位聽眾太可惜。其中摻和許多公司內的派系鬥爭，雖然我對這些八卦興致勃勃，卻又不想因為這個任務捲入其中。正當我盤算怎樣抽身，孫總停下他的演說，直視著我的雙眼說：「加薪一萬，事少一半。」

我知道，我知道，我知道這份任務會將我捲入公司的派系鬥爭，更有可能因為「幫殺人犯說話」，把自己推入某種危險的處境。如果是小時候的錢乾乾，寧可錢「乾乾」，也絕對不會答應這件事情。但是現在，看著孫總堅定的眼神，我聽見自己說：「好。謝謝總經理。」

至於為何選中李家興的案件，這件事我早就拋到腦後了。私下與孫總達成協議之後，我將〈血是怎麼冷卻的〉再讀一遍。胡慕情追蹤報導的「湯姆熊隨機殺人案」已經拍板定讞，現在「廟口姦殺女童案」才剛開始展開調查。要深入追蹤李家興的案件，等於要跟全臺灣嗜血的同行一起競爭。而且李家興身邊沒有親戚，同行報導的火力自然會集中在他的前妻、前妻現任丈夫和鄰居。或許跟同行擠個頭破血流之前，我應該先蒐集情報。

向報導李家興的案件負責同事蒐集相關資料，被回以怪異的眼神，這才想起這個任務的違和之處——李家興的案件由前輩巧如姊負責，專跑政治新聞的她，因為回程順道，被公司派遣到警局採訪。巧如姊對案件的撰寫有些草率，甚至敷衍，可能是因為這類社會事件稀鬆無奇，加上巧如姊手上的政治新聞，正是目前的媒體熱潮：立法院水球案。

如果是針對特定事件深入報導，資深的巧如姊應該比我更加合適；如果是以加薪減班做為勸誘手段，身為兩個孩子的媽，做一位職業婦女的巧如姊更容易被收服。仔細想想，這不是總經理的精心策劃，就是他的隨機遴選。畢竟我年資太淺，要開除很容易，要培植也很簡單。這就是孫總的盤算吧？

巧如姊大方地交給我所有相關報導與筆記，還有幾張照片。報導大同小異，筆記潦草短缺，倒是某張照片，看得我冷汗直流。

「小錢，你要這些做什麼？」巧如姊的問候把我從恐懼中拉回現實，可是我一時語塞，只好指著那張駭人照片。「他喔？他是事發那間廟的廟公。長得非常恐怖，大家都不太想採訪他。但他也很龜毛，硬是要求每個去訪問他的人都要上一炷香。有人上過香要採訪他，他還躲到供桌底下不理人。總之就是假鬼假怪的人。」

「我、我要找他。」情急之下我撒了謊：「最近英國研究類似這樣的皮膚病，有重大的收穫。我想找臺灣有沒有得到這樣皮膚病的人，對這個手術有沒有興趣。」

「嗯？你要出錢送人家去動手術喔？怎麼那麼好心。」巧如姊一邊揶揄我，一邊準備把資料整理收回，我急忙阻止。

「巧如姊，可以抄給我這個廟的地址嗎？」

趁著巧如姊在混亂的座位上尋找便利貼，我順勢把需要的資料偷藏起來——可惡，我到底為什麼會做這種事？其實可以直接開口接手報導，依照巧如姊的個性和她跑新聞的領域，肯定會毫不猶豫地把這篇新聞全部丟給我。正當我為了偷資料一事滿懷罪惡，巧如姊大手一揮說：「算了，這篇新聞都交給你吧，反正我也不想跑它。我先去跑市政府的新聞，沒空招待你了。掰掰。」

聽到巧如姊這番話，我抱著如鯁在喉的罪惡感、如釋重負的解脫相互矛盾，以及那薄薄的幾張資料回到座位上。想著追蹤專案報導的第一步已經踏出，「我變了」這個念頭徘徊不去，有一股強烈的「直覺」，只要深入了解李家興這個人，就會讓我的人生，從此飛黃騰達、不同凡響……

帶著從此不同凡響的振奮心情，我找到這間陰森的小廟。可是一看到小廟，令人振奮的顫抖立刻變成冷顫，不止的冷顫。滿臉肉疙瘩的老人，正在遲緩地打掃小廟。和臺灣所有的萬應公廟不同：傳統的陰廟門面，一定會懸掛著有求必應的紅布，或是塗上顯眼的紅漆；這間萬應公廟，純是灰色的石柱、洗石子牆，連一根紅色的蠟燭都沒有。

我錢乾乾從來就不怕靈異鬼怪、血腥獵奇，本以為因為我是無神論者。母親和身邊的迷信民間傳說、擁有宗教信仰的親朋好友，倒是一口咬定絕對與名字「乾乾」有關。他們認為「乾」是周易六十四卦中的至陽之卦，而且我名帶「雙乾」又身為男性，陽氣很重，才會不怕鬼神。話是這麼說，但是看恐怖懸疑驚悚獵奇的電影，我多多少少還是感到害怕。不是因為視覺嚇人，大部分是突如其來的音效尖銳刺耳。所以每次和朋友相約看恐怖電影，他們總是遮著雙眼看完，我則是捂著耳朵。

現在的我站在路邊，卻遮住雙眼看著小廟。暗自佩服可以泰然自若到這間廟採訪的同行，甚至上香的路人。這時，從指縫裡看見一名年輕男子，匆匆忙忙走到廟裡找廟公。廟公揮揮手又搖搖頭，男子上香之後再找廟公攀談，過一下子就離開了。他穿著正式襯衫，看樣子不像同行，比較像是一般上班族，真佩服他的勇氣。而我現在才驚覺自己站在路邊雙手遮臉的樣子，一定十分可笑。

鼓起勇氣上前，不等那長相恐怖滿臉肉疙瘩的廟公開口，我先上一炷香。正當我轉身要向廟公搭話，話還沒出口，廟公先說：「你不該來這，你不該來求萬應公。」

「我不是來求萬應公的，我是來採訪你的。」我拿起掛在胸前的記者證要交給廟公，廟公卻對萬應公牌位低頭默禱，看都不看一眼。

「錢乾乾，萬應公喜歡你，但不喜歡你的名字。有什麼問題快問，問完快走人。」廟公頭也不抬地說。

廟公怎麼知道我的名字？本來想要追問，但想到巧如姊說：「有人要訪問他，他就躲到供桌下。」眼前機不可失，我立刻說明李家興的案件，問問廟公對李家興知道多少。

廟公聽完，走到供桌旁邊席地而坐，看著牌位喃喃自語，然後搖搖頭對著我說：「我不知道為什麼他要褻瀆神明。這個人本來不信萬應公，後來又變得非常虔誠，經常來上香，真不知道他遇到什麼事情、為什麼這麼做。還有，剛才那個男的，以前跟李家興一起來過，叫做王家恩。本來是王家恩來拜，但是後來變成李家興一個人來拜，之後李家興也不來了。」

「李家興有求願嗎？」我一邊錄音一邊筆記，「求過什麼願望？要拿什麼還願？」

「我不知道。求願跟還願是信徒和神明之間的事情。信徒是不是常常來上香，跟有沒有求願，一點關係也沒有。」

「李家興有拜過供品或燒紙嗎？」

廟公搖搖頭說：「都沒有，他只有請過一綑銀紙，說要帶阿年回家。請一綑銀紙之後，他就再也不來上香了。」

「帶阿年回家？什麼意思？」我潦草地寫下「阿年」，問道。

廟公沒有回答，只是把目光轉向我，長相雖然恐怖，雙眼卻有點哀傷，是錯覺嗎？我不放棄繼續追問：「那李家興在發生事情之前，最後一次來上香，是什麼時候？」

「我忘了。」廟公站起身，夕陽餘暉黃澄澄的，直射在他臉上，一顆顆肉疙瘩都油亮亮的，看起來像滿臉痘子，沒有剛才那麼恐怖了。

「回去吧，天黑之前離開，我也要走了。」

「可是……」

「有事情明天白天再來問，最好是大太陽的時候。剛才的王家恩也會再來。快回去。」廟公停頓一下，又說：「下次來，帶抹草。」

今天的會談比我預料還早結束，突然空下的平日傍晚，只好先回家去。一打開家門就聽到廚房抽油煙機運轉的聲音，是母親正在準備晚餐。

「今天比較早回家，工作都做完了？」

靈光一閃，我走進廚房問母親：「媽，妳老實說喔，妳曾經有想過要殺了我嗎？」

「怎樣？你是中邪喔？問什麼記者問題？」

說到「中邪」，我想起廟公的叮囑，改口問：「媽，我們家是不是有抹草？」

「有啊，多得是咧，就種在陽台。怎麼樣你今天真的中邪喔？就說你不要再跑社會新聞……」

放著母親一人在廚房碎念，我到陽台拔了幾葉青綠的抹草，坐在客廳一邊把玩一邊看著電視上各大新聞台。這是蒐集同行情報最快的方式：無論網路點閱或傳統報章，新聞台都會盡可能蒐集最被關注的新聞做出影片報導。如果被連續報導一週以上，或是同時被三家新聞台關注的新聞，不僅代表消息的熱門與長壽程度，更代表背後受關注的程度，至少有百萬人次之多。對於李家興的案件，可能備受矚目一事讓我焦慮——一方面是與同行競爭，情報能不能輕易得手？另一方面若是案件沒沒無聞，做成追蹤報導是不是徒勞無功？

手拿遙控器著急地轉台，一心想看到李家興的案件，又怕看到太多。最後，七點到九點整點新聞黃金時段，一則相關的消息也沒有。這結果不算出乎意料，畢竟距離上次巧如姊的採訪，也已經超過一個星期。除非檢察官、警方有出乎意料的舉動，不然判決出爐之前，應該都不會有追蹤報導。這不代表李家興的親朋好友沒有被記者蹲點監視。像是陳星一度在新聞台銷聲匿跡，當有「搬家」消息傳出，媒體又紛紛播出各種監視畫面博取版面。

晚餐之後我把自己關進房間，坐在電腦前，一邊回想著姦殺案，也一邊回憶今天拜訪萬應公廟的種種。我突然想起，今年判決出爐的「南港女童姦殺案」。

今年五月，因為作家林奕含自殺，所有媒體和觀眾將焦點擺在曾經和林奕含有過婚外情，且爆發案外案的陳國星身上。為此，全民同仇敵愾，加上「高級外省人」郭冠英提油救火的言論，本來不關注的人都提高興趣。此刻「南港女童姦殺案」的判決，本該轟轟烈烈地延續議題、新聞戰場。但是雷聲大雨點小，焦點恰好被五月底的民法婚姻釋憲 748 號，以及反年金改革奪走。

二〇一一年，犯人蔡榮樹在高雄市性侵一名患有智能障礙的女子，警方採驗蔡榮樹的DNA，發現與一九九〇年台北市南港區女童姦殺案嫌疑人的DNA吻合。蔡榮樹原先供稱犯行為其兄所做，自己只是「旁觀」。不過供詞前後不一，雖然兄弟倆都遭士林地檢署起訴，但是士林地院判定只有一人犯案，而其兄因為和蔡榮樹有金錢糾紛被拖下水，因此地方法院判蔡榮樹無期徒刑，褫奪公權終身。之後最高法院對「追訴權時效」有疑義，兩度發回高等法院更審。但高等法院更二審都維持原判決，全案定讞。關於這件案子，可以網路搜尋出非常多家媒體報導，其中點閱數最多、五月三十一日發布的「動新聞」，底下將近兩千則留言，最後一則留言，剛好停在六月七日，符合「網路新聞生命不過一週／七日」的不成文定律。

這麼想很不應該，但是看完各家報導「蔡榮樹案件」，我開始後悔接下深入報導李家興這件「小案子」，也懷疑胡慕情前輩之所以使用小說筆法，是為了冷飯熱炒。

母親這時候敲了房門，我以為是送水果切盤或消夜，結果她拿一手乾枯的抹草問我：「你怎麼都拔枯的抹草？放在客廳桌上也不丟。」

「枯的？我都拔青的啊。」我準備接過。

「青的會吃個飯就枯喔？別玩電腦了快出來吃水果。」不等我伸手確認，母親一把握住抹草，乾枯脆裂的聲音爽快傳來。

抱著滿腹疑惑我又吃下一肚子水果，回到房間繼續蒐集關於「萬應公廟」、「應徵廟公」等資料，看來看去千篇一律，對於今天的現象一律無解。鼓起勇氣到八卦版去爬文，沒料到在我之前早有人發問，不過回答也沒有特殊之處。

母親這時又敲了房門，通常此刻她早已就寢，不然就是睡在客廳給電視看。我打開房門，母親立刻塞了一條護身符，對我說道：「明天開始祭拜恩主公生日，你是關老爺的契孫，去換一個新的平安袋，戴在身上保平安。不管你明天要跑什麼新聞，給我一起床就去行天宮，知不知道？」

「知道啦媽。」接下平安袋，想起小時候和媽媽一同去行天宮拜關公，香客多到擠得水洩不通，都快把我跟媽媽擠開，我甚至還被線香燙到好幾次。在那之前，媽媽總會到地下道去，和夾在算命攤中間的小販，買我喜歡吃的、甜甜的龍眼糯米糕，祭拜關聖帝君。每次上供之後，媽媽就會緊抓著我的肩膀排隊，準備給穿著青衣的老奶奶拿香前後揮空。媽媽說這叫「收驚」，可以保平安。

「你叫什麼名字？」老奶奶問我。

「我叫錢乾乾，五歲，讀幼稚園大班。」小時候不太懂得怎麼面對大人，媽媽教我報上姓名、年紀跟年級。

「奶奶不是問你的綽號，是問你的本名啦。」

「綽號是什麼？」五歲的我天真，想起來真是可愛又可笑。

「錢乾乾是他的本名，姓金錢的錢，名字是兩個乾坤的乾。」媽媽趕緊解釋給老奶奶聽。

「錢坤？那是爸爸的名字。」

老奶奶不理會我，先是持香的手壓在我的頭頂，嘴巴唸唸有詞，說些我聽不懂的話，然後拿著線香開始在我面前揮動。曾經被線香燙傷的我，對燒紅的線香感到可怕，下意識想要逃跑。

「乾乾，乖，站好。等等給你吃米糕。」一聽到媽媽說要給我吃米糕，就乖乖站好，燒紅的線香還是讓我覺得很恐怖，只好閉起眼睛，想像是爸爸跟我玩仙女棒。

「弟弟，好了喔。」老奶奶說完，我立刻跑掉，到正殿旁邊，看水池裡的大鯉魚，等媽媽「收驚」好，她就會來這裡找我。

鯉魚很大很漂亮，看得我目不轉睛。這時候，突然有人丟一把麵包屑到水池裡，鯉魚都擠上來搶食。我順著方向看過去——是爸爸！長著媽媽樣子的爸爸！

我興奮地衝上去找媽媽樣子的爸爸，圍著他又叫又跳地問他：「爸爸，你怎麼在這裡？」

「關老爺派我來保護你啊。」媽媽樣子的爸爸一邊說，一遍又丟麵包屑。鯉魚像一群餓鬼，比來行天宮拜拜的人還要互相推擠搶食，甚至把比較小隻的魚擠出水面。

「我也要，我也要。」我抓著媽媽樣子的爸爸的手臂大力搖晃，那手臂一點也不粗壯，跟媽媽的手臂一樣。

「乾乾？錢坤？」循著媽媽的聲音看過去，她手裡端著一盤五個米糕，長得像爸爸，「錢坤？真的是你？」

話剛說完，長得像爸爸的媽媽雙手垂下，米糕全部掉到地上。我想衝上去接住米糕，肩膀卻被抓住。眼看著米糕掉到地上，不知道哪來的鯉魚，從石頭地板跳出來，餓鬼一樣大口大口吃掉米糕，還有長得像爸爸的媽媽……

「媽！」大叫一聲，起身雙膝就撞到電腦桌，加上睡到兩隻小腿麻痺，痛得我躺在一旁床上打滾、哀號。這才發現自己不知何時，趴在電腦桌睡著了。

直到小腿不痛了，我拿起手機查看時間和訊息：凌晨五點、中和區凌晨三點傳出火警，但沒有任何同事回報要去。當我正猶豫是否去現場或消防局，轉念又查詢行天宮開放時間：早上四點到晚上十點，現在正好可以參拜。反正睡也睡不著，肚子又有點餓，我準備出門吃個豆漿店早餐，再去行天宮。

出門前例行向父親的遺像報備：「我出門了。」細看他的長相，和剛才夢境裡一模一樣。我三、四歲時，他就過世了。小時候不懂死亡是什麼，母親只說父親是好人，是厲害的記者，所以關老爺找他做大將、打前鋒。或許這個謊言，也是我曾經莫名崇拜父親的原因之一吧？又或許這個謊言，讓我聽到行天宮與關老爺，就聯想到父親，才會有那個怪夢。

小學養蠶的自然課，老師在課堂上解說什麼是「生命」、什麼是「死亡」，我隱隱約約發現，父親也許已經「死亡」的可能。等我再大些，當母親正是談起父親已經過世，我只是超齡地回答：「我想也是。可是媽媽，我會照顧妳。」

「我會照顧妳。」多麼天真的豪語，眼下一名小記者的薪水，能養活自己就不錯。居大不易的台北，母親還不是得靠著她的退休金跟理財保單養大我、支付自己的退休生活。

出門前本想再拔一些抹草，但滿腦想著早餐吃什麼的我匆匆出門，忘得一乾二淨。直到肚皮撐了，人才真正醒了。所幸平安袋倒是沒忘，論起驅邪，關老爺的平安袋應該比幾葉抹草更加有利吧？

急忙了事的心態我踏進行天宮，為了懷念兒時記憶，我還特別走紅欄杆旋轉門才轉進去，又走出來。奇怪？難道我還睏嗎？再轉一回，又走出來，雖然清晨參拜的信徒不多，但還是有幾位青衣志工張羅關老爺的誕辰祈福，並對我投以困惑的眼神。我不信邪，再轉一回，並用力一踏——踏是踏進門，世界卻天旋地轉，是我貧血嗎？轉過頭嗎？要跌倒了？

「先生，你是來為關聖帝君祝壽的嗎？」一位志工阿姨溫柔地問，我瞬間定眼，又看得清楚眼前。原來我一直呆站著？

「是啊，不好意思太久沒來，我還想要換平安袋。」故作鎮定跟著阿姨導引，依序參拜玉皇大帝、關聖帝君、關聖太子和周恩師，然後來到一旁辦公解籤處。

「哎，平安袋不用特地拿回來換，你告訴我生日跟電話號碼，讓我查看看。」把生日和手機號碼報給對方後，果不其然，「錢……千千先生，是嗎？」

「錢乾乾。」我雙手緊抓桌面，睜眼盯著廟務人員，好像要糾正對方，其實是想停下不止的暈眩感。

「錢乾乾先生，這個是新的平安袋，還有平安米跟福壽糕，帶回去全家吃，保平安。你有空喔，可以帶平安袋回來拜拜。這個舊的呢，以前廟方會建議，請示帝君之後，跟金紙一起燒。現在提倡環保，心誠則靈，我們就不放金爐燒了。來，我幫你用紅包包起來，回家安放在神桌上就好。」廟務拿出一小疊東西推到我面前，我連說謝謝，全收到背包裡。

好心的志工阿姨還站在一旁陪我，看我把東西收好準備離開，提醒我：「別忘了跟關聖帝君告假。」

我點頭示意明白，人卻走到正殿旁的池塘邊。鯉魚好像比小時候看到的小隻，一旁也換了「禁止餵食」的告示牌。終究是我長大了啊……孩童時看得著迷的假山水真鯉魚，現在的我看來只有大不大、氣不氣派。

俗氣。我暗笑自己。張望池邊模樣，和夢裡一點也不像，更別說有什麼「像媽媽的爸爸」還是「像爸爸的媽媽」會出現在這。腳尖踩踩石板地板，也不會出現鯉魚躍龍門。

緩慢走出行天宮，眩暈的情況立刻消失。這段期間接觸神怪之事太頻繁，從不撞邪的我很難不做聯想。

前往公司的途中，腦子裡反覆串聯姦殺女童案的人物關係：李家興和曾婉馨本來是愛情長跑多年結婚的夫妻，婚後夫妻卻經常吵架，最終因為李家興的失業導致離婚。離婚後數個月，其前妻曾婉馨與其同事王家恩火速再婚，李家興心生不滿，並認為其幼女李思妤乃是未離婚時兩人通姦的結晶。於是計畫強暴幼女，做為兩人通姦的報復。李家興利用與幼女之間的親情信賴，將其誘拐離家後，於半夜脅持幼女至萬應公廟強暴。幼女身體不堪其暴行而死。曾婉馨淚控李家興的獸性暴行，表示並無外遇通姦；法醫與鑑識組也從解剖及現場採樣，確認幼女即李家興親生骨肉。

這真的是一件「慘絕人寰」的案件，對兇殺無感的我，還是不由得感嘆。幸好小妹妹已經離世，否則她應該一輩子都脫離不開這樣殘暴的噩夢，不論是來自父親的惡行，還是這社會的惡意。

當我到達公司所在大樓，打量這二、三十年的老舊大樓，其實略有陰森不祥的感覺，也聽說曾經有人自頂層跳樓自殺，到兩年前還有保全看過當時自殺的人再度跳樓，嚇得魂飛魄散，再也不當保全。但這裡還是公司行號林立，文具社、攝影棚、律師事務所、徵信社……甚至還有生死禮儀與政治人物的服務處，幾乎從生到死一棟包辦，有間新媒體也不是什麼稀罕事。

雖然還不到上班尖峰，但是夏季節電政策，離峰時段只開放兩部電梯，電梯再大，也擠滿準備提早進辦公室吹冷氣的人。隨著樓層逐次抵達，人數一一減少，終於只剩下要到頂層的人——剛好是最不信邪的媒體業，總經理與我。

「孫總早安，這麼早啊？」我尷尬地打招呼。

「你也滿早的，追蹤報導做得怎麼樣啊？」

就知道他會問。我只報告昨天去過廟口，今天中午要再次採訪廟公的事，怪力亂神一律不提。

孫總邊聽邊點頭，表示嘉許。等我說完，他又追問：「應該沒有人知道你正在深入追蹤這個案子吧？」

「沒有。」我吞了口水，「孫總，關於加薪跟工作……」

「放心，薪水我已經喬好了。這個案子你慢慢做，沒關係。但是要把它做到最好，我要一公開就大鳴大放！」電梯門開，他頭也不回就直往他的辦公室。聽這口氣，孫總肯定跟趙主任合不來，連減少我工作量都不行，擺明把我當棄子。

一定接受月薪加一萬的棄子。

趁公司人少，我抓走一份藝文展覽公開記者會的通知，掛上外出牌，急急忙忙地偷閒去。

坐在靠近廟的巷口，一間附設座位的超商裡，我斯里慢條吃微波零食，滑著手機等待應該會「大太陽」的正中午。沒料到一個不留神，外面烏雲密布，準備要下雨了。我跑進巷口前往萬應公廟，再次看見那間小廟，已經沒有昨天那麼害怕。廟公正靠著供桌小睡，我一走近準備上香，他立刻驚醒。

「滾。你身上有不該帶的東西，快滾。」廟公站起身來揮手驅趕我，才發現這麼熱的天氣，他和昨天一樣，穿著長褲長袖。

「可是我今天一定要採訪你。」這時，雨已經開始豆大的下了。我拿出紙筆擺出記者架式，那是外行人經常誤解又難以推卻的「專業架式」，繼續追問：「至少讓我進去躲雨。」

「免，你快滾，不然我會被煩死。」廟公用身體阻擋在我和小廟之間，忘記我是來找他，不是來求事的。

「不然，你跟我去躲雨。」顧不得廟公的臉讓我噁心，我抓起他的手臂跑回巷口的超商，全身濕透地坐下。這時，一個身形高大的男人走過來說：「不好意思，你們坐到我的外套了。這是我的位子。」

抬頭一看，那個與身形不成正比、輕聲細語的高大男人，正是王家恩。

「你好，你就是王家恩先生吧？我叫錢乾乾，是一名記者。」我立刻起身把外套和座位還給他，再拿出名片，「我正要請教兩位有關李家興的事情……」

「等等，廟公，你確定要告訴他？」王家恩不可置信地提高音量，聽起來還是有氣無力，像是連日不睡般疲倦。

「沒、沒辦法，萬應公說、說可以、告訴他，我、我才答應……」廟公氣喘如牛地癱在座位上。

「如果萬應公都說好了，那我也沒有拒絕你的理由。」王家恩坐下，雙肩垂下，像是放下一頭大象那樣疲困。我本來擔心他拒絕，早就準備好像是孫總那樣慷慨激昂的一套說詞，要生動地表演一番。現在得來全不費工夫，太輕鬆了吧？

「想必你一定有什麼需要告訴社會大眾的吧？相信我，我一定可以幫上你的忙！」其實，真話是：相信我，你一定可以幫上我的忙，搶在判決前拿到獨家，一戰成名。

「……其實，我是因為李大哥，才決定和曾婉馨結婚的。」這話來的突然，我聽得一頭霧水。對外稱呼妻子的全名，太不自然了。

「不好意思，你可以說得明白一點嗎？你們不是因為互相喜歡，才結婚嗎？」我追問，一邊拿出錄音筆和筆記。

「不是。」一改先前說話氣虛，他慎重地說：「我喜歡的人，不是曾婉馨，是李家興。」

第二章

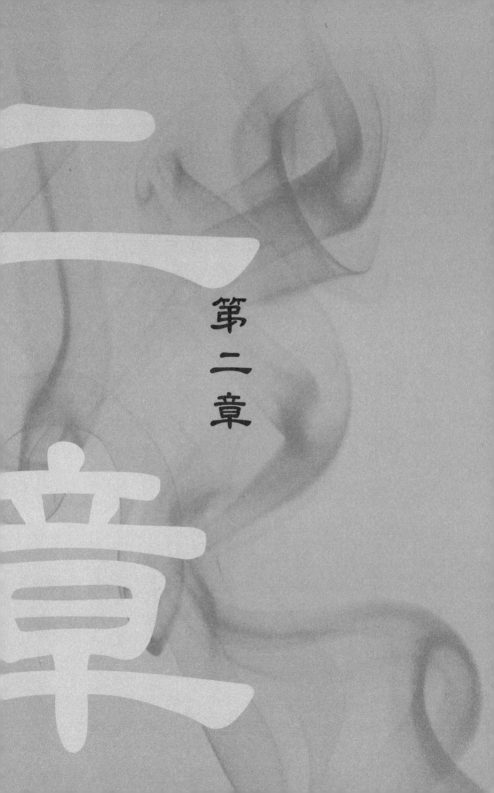

五月中午的氣溫開始燠熱，沒有雲的正中午，柏油路面像湯鍋一樣蒸騰。熱氣捉弄路人，每個看起來都像撈起鍋的食物，又像來送便當的媽媽。雖然很熱，但家興真的很餓，就算媽媽現在拿了一碗紅油炒手麵，怕燙又怕辣的餓鬼小學生，也會全部吃光。李家興的爸爸這樣被養大，他的兩個小孩也不意外。

家興在校門口的樹叢邊等了又等，這裡是他們班負責打掃的區域。自從三年級以來，班上每個同學都打掃過這。他們叫這個打掃區域叫做「魔王」，因為訓導主任一定會從這裡開始巡視，要是有一點垃圾、枯枝或是太晚到打掃區，不論打掃的是班上最臭（屁）的老大十號，還是最可愛的女生二八號，全部都會被痛罵一頓。有時還會處罰，先把校門區打掃乾淨才准放學。

那個眼睛張大得像十元硬幣、身體肥胖得像毛毛蟲一樣的訓導主任，會瞪著他說：「學校的面子交給你們，怎麼可以隨便帶過？」

想到訓導主任的樣子，身體那麼肥、眼睛那麼大，長相也太像樹葉上的毛毛蟲了吧？怎麼可能每天都有枯葉？一定是毛毛蟲咬的。怎麼可能每天都有垃圾？一定是訓導主任丟的。想到就生氣！家興拿起地上的石頭跟長樹枝，開始繞著一棵棵樹叢打轉。

只要發現毛毛蟲，不管是肥滋滋還是乾癟癟，一律先用樹枝打到地上，然後抓緊石頭打爛。

「都是你！都是你！沒有你的話我們班就可以當整潔第一名，不用被隔壁班笑了！」家興心裡暗自決定，在媽媽送來便當之前，他餓著肚子也要當大家的英雄——他要打敗「魔王」，得到「整潔第一」的掛牌。

校門口樹叢，他檢查了一遍又一遍，直到確認再也沒有毛毛蟲的蹤跡。這下子，家興倒是想知道，看到同類全被殺光的訓導主任，以後還敢不敢再來找他們班的麻煩。

英雄也是會餓的，何況剛才和毛毛蟲大戰一番，家興覺得自己的生命值很低落，需要補包、需要便當。看看身邊，一起到校門口等便當的哥哥姊姊早就回去，來送便當的阿姨走回柏油路上，又像一個個跳下湯鍋的麵條、蔬菜、火鍋料……只有一個叔叔還站在校門口。英雄李家興，決定向路邊的 NPC 求救。

「叔叔，你有看到我媽媽嗎？」他一點也不怕生，因為家興和弟弟家盛，經常在喧鬧的叔叔、伯伯、阿姨之間，尋找他們的爸爸媽媽。

叔叔像是第一次被問話，嚇了一跳，才回答家興：「你、你問我啊？我不知道耶。」

「那你是來送便當的嗎？你的便當可以給我吃一口嗎？我等不到我媽媽，我好餓喔……」家興拉著叔叔的衣角，通常大人在這種時候都會隨便塞個糖果或餅乾給他，求他別吵，怕小孩哭鬧帶衰。

「嗯……」叔叔想想才說：「我是來給我女兒送美勞用具的，她今天差點遲到，忘記帶膠帶了。還有她要吃藥，很苦的藥，你要吃嗎？」

「不要！吃藥吃不飽又苦，鬼才要吃藥！」家興捂嘴說：「你怎麼不進去找她？」

「真的可以嗎？謝謝你！你叫什麼名字？」叔叔扯開家興的手，蹲下說道。

「我叫李家興，三年一班，四號。你呢？」

「我啊……」叔叔思考很久，好像忘記自己的名字，才突然想起來：「叫我蔡叔叔就好。」

那個叫蔡叔叔的男人從口袋拿出一包香菸糖——那是小學生之間最流行、最帥氣的糖果，因為大人有大人的香菸，小孩不能抽，只能抽這種。只是大人的香菸比較臭，都從外面的世界開始蛀壞；小孩的香菸比較甜，都從裡面的夢鄉開始熄滅——交給家興說：「家興，這是你的獎勵。你不要把看到我的事情說出去喔！如果你答應我，這包糖就給你。我以後還會再送你一包香菸糖！」

「耶！謝謝叔叔！」

「噓……」叔叔用食指抵著嘴巴，作勢小聲。

「噓……」家興的食指也抵住自己的嘴巴，他感覺到指頭有奇怪的味道。

叔叔跟他揮揮手後走進學校，家興決定在午休鐘響之前，先站在水溝蓋上抽幾根香菸糖，就像爸爸一樣。他站在校門附近，方便隨時都能等到媽媽。

媽媽也不是第一次這麼晚到，有次弟弟在家發燒，媽媽急著帶他去醫院，那間醫院距離學校那麼近，媽媽也可以忘記送便當！還有一次，弟弟吵著要去兒童育樂中心，那裡又貴又遠，媽媽只好哄著弟弟在附近公園盪鞦韆、溜滑梯，玩到弟弟滿意為止，結果又忘記便當的事。等家興拿到便當，早就變成放學後的點心了。

「家興，來，幫爸爸選數字。媽媽有家盛就不要你了。你別怕，爸爸挺你！」每逢「重要時刻」，爸爸都這麼說。有時選中一個號碼也有糖吃，有時選不中就是一頓揍。大部分的時候都沒有中，爸爸也不一定會打他，只是摔酒瓶。酒瓶碎片飛濺更可怕。家興第一次看到酒瓶碎片飛濺，看到入迷，覺得美極了！就像白天才能欣賞的深色煙火。但是碎片飛到眼前，他反射地撇過頭去，碎片飛進家興的耳朵，媽媽嚇得趕緊抱開家盛，才拉著家興去醫院。從那次之後，他寧可爸爸不高興打他，也不要摔酒瓶。如果爸爸要摔酒瓶，家興就會抓著弟弟的手，一起躲在媽媽懷裡。

等著等著，家興已經抽掉第三支香菸糖，他開始不覺得餓了。嘴唇和舌頭倒是有點麻，那種感覺，就像是午覺剛睡醒，小腿有千萬隻小螞蟻爬咬的那種痲痲痛痛。他越來越受不了，踏破「走廊禁止奔跑」的校規，衝進保健室就大喊：「老師！我的嘴巴好痛！」

剛吃飽的校護被家興的大吼嚇到，立刻追問家興發生什麼事。家興慌張地大喊：「有螞蟻！有好多螞蟻在咬我的嘴巴！」

「可是老師沒有看到螞蟻啊？你剛才吃了什麼？」校護雖然肚皮撐、眼皮已經鬆得撐不開，還是盡責地拿起壓舌板撐開家興的嘴。

「香菸糖。」

「怎麼不吃午餐？哪裡來的香菸糖？吃東西前有沒有洗手？」校護遵循標準程序

一一發問，在孩子耳裡聽起來像是警察辦案。

「我……我自己溜出去買的。我沒有洗手。」想起跟叔叔的約定，家興還想要另一包香菸糖。

「吃飯不吃，還吃糖！那你吃糖之前在幹嘛？」真是受夠這些自找罪受的小孩，校護心裡猜想，眼前這個小鬼八九不離十又摸了甚麼，髒手再抓東西吃。

「我打倒魔王！」聽到校護詢問，家興迫不及待把自己的英勇表現鉅細靡遺地昭告天下，「我把打掃區的蟲全部打死了！」

「什麼？你怎麼打死的？你吃了毛毛蟲？」校護聽到家興的勇敢冒險，反而嚇一跳，家興卻誤以為那是崇拜的語氣。

「對啊！我左手拿著樹枝，右手拿著石頭，看到毛毛蟲就撥，撥到地上就打，來來回回殺了六遍，連眼睛都不眨一下……」

「那你的眼睛有沒有沾到什麼？」校護緊張地抓著家興去洗手，又拿酒精棉花擦拭家興的嘴唇，再用純水濕紙巾擦一遍，「來，漱口！」

「我現在跟你說眼睛的事情嗎？」家興把校護幫他消毒的行為，當作對待英雄的禮遇，可是竟然插入無關緊要的問題，真是太不禮貌了。

「呆瓜，亂吃東西會死你知不知道！」校護從家興手上拿走漱口杯，輕拍家興的手背——她並沒有權力體罰學生，也不支持體罰，只是眼前這個臭屁的小孩，真讓人捏把冷汗——「不只毛毛蟲會死，人也會死啊！」

一陣手忙腳亂的檢查與消毒之後，看這孩子生龍活虎，也不喊痛，應該是沒什麼大礙吧？只好把他暫時留在保健室再觀察一陣子，雖然寶貴的午休沒了，至少沒出人命就好。

「彭老師，出人命了！」訓導主任急急忙忙衝進保健室大喊：「妳快來啊！」

校護叮嚀家興乖乖躺在床上午休，不准亂跑。可是想到訓導主任剛才驚慌失措，一定是看到毛毛蟲死光而慘敗的模樣，家興怎麼可能睡得著？他趁著校護和訓導主任離開的剎那，跳下床，尾隨在兩人身後，以為會一路到校門口。結果離校門越來越遠，最後居然跑到學校裡的活動中心。

家興看到早就有幾個老師站在活動中心的樓梯間，他不敢再往前走。幾個老師的臉色，就像全班段考都零分、整潔和秩序都墊底，那種大爆炸前的臭臉。每個老師都像地雷，他一顆也不想踩。曾經聽說高年級生會偷偷躲在活動中心的頂樓，抽大人的菸，這樣子看來應該是真的。

家興躲在角落偷看很久、很久，老師們上去後沒有一個下樓，但也沒聽到任何人破口大罵。這時候，校門口的警衛吳叔叔也來了，身後跟著一群穿著全副武裝的警察——難道偷抽大人的菸，真的就要坐牢嗎？家興緊抓口袋裡的糖，又躲得更深，只求不要被警察誤會他僅有的食物也是香菸。等大人們都上樓，家興一溜煙就跑回教室裡。

「哎你剛去哪啦！老師叫全班找你！」家興原本計畫，偷偷摸摸走進教室裝睡，沒想到教室裡的同學不但都醒著，而且正在罰站。更奇怪的是，班導居然不在。班上最臭（屁）的老大十號一看到他，忍不住說話。

「安靜啦！你還要大家被老師罰喔！」班上最勇敢的女生三九號，唯一敢對十號反抗的人。聽起來，老師剛才一定很兇，家興覺得自己這次死定了。

不只毛毛蟲會死，人也會死啊！既然死定了，那就先把最重要的事情告訴大家：「大家聽我說！我剛才打敗魔王了！以後魔王都沒有毛毛蟲，也不會有垃圾了！」至少壯烈犧牲之前，先來一點掌聲鼓勵吧！家興願意一個人承擔班上四十九個學生所有的體罰，只要讓他當一天的英雄，享受一天勝利的滋味。

「吼你白癡喔！」三號冷冷地說。

「好智障，中午跑去校門口曬太陽。」十一號恥笑他。

「誰知道啦難怪找不到。」班上最瘦小的女生四一號說。

「都你啦害全班沒睡！」他暗戀的二八號說。

「都你啦害全家沒錢！」本來以為宣揚自己的英雄事蹟，就像爸爸贏錢買給他迴力小車，可以到處炫耀。可是班上同學不領情，還說出像爸爸輸錢一樣的話。三年一班，四號李家興，站在原地，覺得雙腿比全班其他四十八個同學還要痠。他好像是永遠不會被選上的，那一個號碼。

「吵死了！走廊上都聽到你們的聲音！」班導走進教室，劈頭就罵。三年二班的同學常常笑他們：「午休聽三年一班的老師的叫聲起床的。」

全班鴉雀無聲，大家都低下頭準備挨罵領揍。幾個男生偷偷盯著李家興，唇形說著剛從高年級生那裡學到的、最流行的話。

幹你娘。

「全部坐下。李家興，你到後面罰站。」班導不同平常拿熱熔膠條出來，先打講桌、再打手心，反而讓全班坐下、一人罰站。同學們發出「得救了」的嘆氣，但沒有任何感激的眼光，投向身後的孤獨英雄李家興。一個也沒有。

「老師跟你們說一件很重要的事情……」所謂很重要的事情，不外乎跟平常說的一樣：上學一定要有父母陪同、放學一定要有同學作伴、不要落單、不要跟陌生人說話、不要拿陌生人給的東西。千萬要小心，尤其是不要接近陌生人。就算他自稱老師也一樣。

「那老師，遇到不認識的老師怎麼辦？」班長二十號舉手發問。

「跟老師問好。如果不認識的老師要請你幫忙，你們就回答有重要的事情，要先離開。」

「那老師我可以離開教室回家了嗎？」十二號男生說，全班大笑。老師一如既往，從抽屜拿出熱熔膠條，拍拍講桌，全班默契地安靜下來。

他們沒有人知道發生大事，除了站在前面的班導，和站在後面的李家興。班導不知道李家興知道；李家興不知道班導知道的，是活動中心的頂樓，出了人命。

那天下午，幾乎沒有人願意再和家興說話，不論是平常都會玩在一起的十七號、同一個打掃區的一號、二四號、四四號，或是……

直到放學，班上都沒有人和家興說話，這件事一定要告訴媽媽，她會為家興抱不平，多買幾顆糖果或者一包地瓜球安慰他。家興一邊想著怎麼講，一邊跟著放學隊伍走出校門。校門外的大人比平常多，有些想要直接走進學校，平常不會怎樣，今天卻被吳叔叔還有導護阿姨們擋住。有很多媽媽拉著爸爸接小孩放學，或是校外安親班的老師，也比往常多派幾位，前後左右夾著小孩帶往安親班。人行道上擠滿人，這樣的盛況，幾乎跟校慶日差不多。跟校慶日差很多的，是這些來接小孩的大人，臉上都沒有笑容；這些臉上沒有笑容的大人之中，沒有媽媽。

媽媽從來沒有準時接他放學，剛升上三年級的時候，家興有些埋怨。班上最臭（屁）的老大十號發現這件事情，到處拿來說嘴，嘲笑他「沒有媽媽」，直到被班導聽見，用熱熔膠條教訓十號才停止。久而久之，家興也習慣媽媽晚來，有時戴著橡膠手套，有時帶著瘀青或燙傷。要是等到五點，還有一些哥哥姊姊作伴，他們會分享一點零食、學校鬼故事，甚至超帥的鬥拼拼片；等到五點半，他就會溜到以前讀過的幼稚園部，找讀大班的家盛。幼稚園的老師還記得家興，看到他不免問幾句「喜歡小學生活嗎？」、「回家作業寫了嗎？」，然後讓他留在幼稚園跟著家盛一邊玩鬥拼拼一邊等媽媽。

可是今天下午五點半，家興照常溜到幼稚園，老師卻跟他說：「你怎麼來了？你弟弟今天沒來上學啊？」而且老師不讓家興待在幼稚園，還帶著他到校門警衛室，請吳叔叔照顧。

家盛今天沒有去幼稚園？明明早上媽媽帶著他們兩個一起出門，跟平常一樣先送家興到小學啊！結果中午，媽媽不僅沒有送便當，就連傍晚，弟弟也不見了！家興請吳叔叔打電話回家，家裡電話沒有人接，他想直接走回家，他記得回家的路，只是沒有自己那一副家裡的鑰匙——爸爸跟媽媽一起答應他，八歲的生日禮物，代表他已經長大到可以自己回家。就在明天，明天他就可以擁有自己那一副家裡鑰匙，成為家裡的「大人」。

今天他還是家裡的小孩、小學的學生，今天的新校規就是「學生不可落單」。家興只能待在警衛室，借吳叔叔的桌子寫作業，或趁吳叔叔不在時，偷看抽屜裡的漫畫。

漫畫裡的男生都會親女生的嘴，甚至是胸部或大腿，真是羞羞臉。家興立刻又把漫畫塞回抽屜，當作沒看見。

「肚子餓了吧？這個給你。」吳叔叔到附近買晚餐，帶一個雞腿便當給家興。這是他幾個月以來吃過最飽的一次。雞腿又油又香，家興好幾次差點吞下去，又忍不住嘔回嘴裡多咬幾下。真希望媽媽也吃到這麼好吃的雞腿，雖然媽媽現在出現在這的話，家興可能就沒有雞腿便當可以吃了。

這是他第一次在學校待到七點，才知道原來許多老師都會留在學校，這麼晚才離開。天色已經暗了，學校裡的陰影更多了。要是再不離開，高年級生說，學校裡那些鬼，都會跑出來抓人。家興開始祈禱有誰可以帶他回家，誰都好，就算是拿著熱熔膠條的老師也可以。

「哎？李家興，你怎麼在這裡？」班導下班經過警衛室，剛好看到趴在桌上百無聊賴的家興。

「老師，這是你們班學生喔？他放學後都沒人來接啦，家裡電話也不通，就在這邊等！妳可以帶他回家嗎？我等等要去巡一圈，也不能把他丟在這裡。」吳叔叔說，假裝丟他一人在警衛室、自己溜出去買晚餐這事，不存在過。

班導看起來不太甘願，可是今天校內發生那麼大的事，她沒有更好的理由推託，只好將就陪著李家興回家。這個學生在班上並不討喜，有時和班上男生打鬧，有時偷拉女生的馬尾或裙子，換取男生之間的「榮譽感」；但也不討厭，只要可以被稱讚，他就會努力做到，不論考試、秩序或整潔，只是不得要領，成績顯得不上不下。雖然瘦弱，但好動又愛說話，自然老師和音樂老師都曾指名李家興上課坐不住，令人頭大。不過美勞老師和體育老師都很喜歡他活潑好動，會主動搬重物、發東西，而且不知道為什麼，美勞老師可以把他治得服服貼貼，從不鬧事。

沒有班長那麼乖，至少沒有男生群裡的老大那樣帶頭「群魔亂舞」，比上不足、比下有餘，大概指李家興吧？班導心裡這麼想。

那李家興怎麼看待班導呢？不，除了老師可怕到他不敢直接牽手，只敢抓著她的手提包之外，家興一心只想回家找媽媽。媽媽肯定是下班之後前來接他的路上，只是還沒趕到，或許下個路口就出現、或許下下個路口就出現……家興拉著班導的包包往前走，每到十字路口，就停下來四處張望，直到終於走到家門口。

「老師，我到家了。」家興和班導站在一處老公寓門口，他抬頭對著班導說，看起來就像一條等不到主人回家的狗。

「哪一戶是你家？」五層樓老公寓，有些燈亮，有些還暗。

家興指著四樓亮著那戶，陽台堆積不少雜物和盆栽，有些盆栽甚至枯死了，彷彿多年無人居住的老屋。班導按下電鈴，不久後對講機接起。

「幹你娘誰啦！」「閃啦你別接……你好請問找誰？」

「阿嬷！」對講機傳來爸爸和阿嬷的聲音，家興驚訝地大喊。

「你好，請問是李宅嗎？我是家興的班老師，因為今天學校發生一些事，所以今天起，學校規定不准學生一個人回家。可是沒有人來接家興，所以我送他回來。」班導對著對講機客客氣氣地說，和平常拿著熱熔膠條兇巴巴的模樣完全不同。

「是喔！老師謝謝你，我下去接他！」對講機掛斷，家興聽到塑膠拖鞋在階梯上「啪町啪町」作響，想起媽媽下樓追垃圾車，也常常發出這聲音。媽媽到底去哪了？阿嬷怎麼會在家？

「哎呀家興，你怎麼那麼瘦！哎呀老師，謝謝妳喔……」阿嬷一打開門，家興立刻脫手可怕的班導的包包，衝上前去抱住阿嬷。他聽到阿嬷和班導說話的聲音突然變得很小聲，但還是聽到一些「死了」、「跑了」之類的字眼。誰死了？誰跑了？阿嬷跟班導聊了很久，班導才在阿嬷不停的道謝聲中離開。

「阿嬷，你怎麼在這？媽媽呢？」

「恁無愛問，別說給恁阿爸聽到。恁阿母伊暫時袂回來了。」

「為什麼？那弟弟呢？」

「恁也無愛問了，伊跟恁阿母都不會回來了。恁別讓恁老爸聽到。」

「為什麼？為什麼為什麼！」聽到媽媽和弟弟都不回家，家興突然有一股強烈的不安。樓梯間的燈很亮，背後卻好像有一團巨大的黑球追向他，那黑球比學校裡的鬼還可怕！學校裡的鬼抓人，變成鬼；那團黑球把人吃掉，什麼都不剩，它已經吃掉媽媽跟家盛，它現在要吃掉家興的童年了！但是家興覺得跑不掉，他嚇得只能賴在樓梯間大哭，迎接被黑球吃掉的命運。

「哭么咧！哭什麼哭！男孩子哭真丟臉。」阿嬷一掌重拍家興的腦袋，又一掌大打家興的屁股，連拖帶拉，把賴在樓梯間的家興拖回家，關門。

「你回來三小！幹你娘！你娘帶著弟弟跑了，你回來幹嘛？」地上都是垃圾、酒瓶碎片，還有一些報紙和照片碎片。爸爸盤坐在垃圾上，一看到被拖進門的家興，立刻爬起來就要朝家興一頓揍，卻因為太醉站不穩，又踩到玻璃碎片，痛倒在地上哀號。

那天晚上，電視機一直開著，新聞反覆播報南港女童姦殺案，震驚全台灣。

那天晚上，李家興提早一天拿到，屬於自己的一副家裡鑰匙，改變他的一生。

或許也沒有改變太多，因為過不久，原本預計一家四口、後來一家兩口，都搬到阿嬤家去。

第三章

布丁　ㄅㄨˋ ㄉㄧㄥ
ㄨㄛˇ ㄒㄧˇ ㄏㄨㄢ ㄔ ㄅㄨˋ ㄉㄧㄥ

＊

Peter 又來了，不知道這樣煩幾次了。我跟他結束了，叫他回美國，他不聽，非要跑來學校堵我。還好學校同事幫我擋下。這下子其他老師又要說我閒話。我就智峰這麼一個兒子，難道還要我賠上智峰嗎？

＊

又是 Peter，手機掛斷三次，電話打來兩次，連主任都叫我趕快解決問題，以免影響其他老師備課。怎麼解決？我也想解決！拜託快點解決！還是離開才是最好的解決？

「那殺身體不能殺靈魂的，不要怕他。唯有能把身體和靈魂都滅在地獄裡的，正要怕他。」

FRI.

主，請原諒我，在回收場撿到這本日記，是因為它像是聖經，我不是有意要偷看別人日記。

主，請告訴我怎麼辦，我沒有勇氣還給雷老師。

「我們為你們所存的盼望是確定的，因為知道你們既是同受苦楚，也必同得安慰。」

SUN.

主，今天是我第三次去教會，媽媽要我多交一點教會裡的朋友，大家有錢有教養，未來出社會出人頭地，就是要這樣的朋友。

今天我在教會看到雷老師帶著他的小兒子，想起這本日記本，主我放不下這漂亮的本子，但它已經被丟在回收場，我不是竊占本子的不義之人，對吧？

主，媽媽和羅牧師都說，什麼事情都能跟你祢說，說神愛世人，也愛罪人，就算我們都天生有罪，你祢也會聽我說吧？那祢能答應我，別把我用這本日記的事情說出去嗎？雖然我們才剛認識三個禮拜。

「為我弟兄，我骨肉之親，就是自己被咒詛，與基督分離，我也願意。」

SUN.

是因為我竊占這本日記，所以受到報應了吧？主，你祢決定不要愛我嗎？為什麼要給我這天大的罪？記得孫哥哥找我們幾個一起組樂團，那時候多開心，終於可以打爵士鼓，又可以榮耀~~你~~祢，連媽媽都同意了！可是為什麼！為什麼我認真努力這麼久，彈電子琴的小茜休息時間試玩一次爵士鼓，孫哥哥就要把我換掉？難道是我偷用日記的報應嗎？那我就繼續寫！寫給~~你~~祢看！看我多心痛！祢還能因此懲罰我什麼？失去爵士鼓之後，還要失去志豪嗎？來呀！來呀！

我好恨小茜，好恨孫哥哥，好恨~~你~~祢。

我也好恨沒有幫我說話的志豪，鋼琴冠軍的他應該去彈電子琴，但我沒有辦法恨他，他是我最重要的好朋友啊！

「你不可能為惡所勝，反要以善勝惡。」

SUN.

看著志豪練團，我卻只能去聖歌班，當高音部裡面唯一一個男生，主，這是祢給我的懲罰嗎？祢覺得讓我成為一堆女生當中唯一一個男生，就是把我推到地獄嗎？

祢看著吧！不需要祢，我也可以自己上天堂！別想考驗我對志豪的友誼！我恨祢，我恨小茜，我恨祢的愛有差別，祢就跟羅牧一樣是偏心女生的混蛋！但我還是會去教會！別想阻止我！

「只是我告訴你們，要愛你們的仇敵，為那逼迫你們的禱告。」

TUE.

主，我親愛的主，對不起，我再也不純潔了，我再也沒有機會成為祢的羊了。

這幾天我都沒有辦法放下對小茜的恨，我每天都詛咒他，但是沒有想到，詛咒居然成真了。

昨天晚上大地震，今天早上媽媽帶我去教會為台灣禱告，有人跟媽媽說小茜的爸爸剛好在南投被地震壓死了。

那時候我就知道我和惡魔做成交易，我的靈魂再也無法上天堂了。對不起，李茜，我本來是詛咒你死，不是你爸爸死，看到李媽媽在教會大哭的樣子，我知道我的詛咒多麼惡毒了。

對不起李茜，對不起李媽媽。

對不起　對不起　對不起　對不起　對不起

「若是能行，總要盡力與眾人和睦。」

FRI.

地震之後，媽媽每天都跑去教會開會，說是準備舉辦募款活動，讓大家出錢出力幫助九二一受災戶，像是李茜他們家那樣。爸爸也跟媽媽說，工廠這邊可以提供多餘的零食，看是要捐還是要義賣都可以，還能順便打廣告。

爸爸很難得關心和參加教會活動，開工廠很忙，常常不回家，要不就是週末跟朋友出去打球，看起來很不像運動的運動，小白球。

媽媽要爸爸多參加教會，交一些上流階級的朋友，爸爸都說打小白球就可以，幹嘛去聽經才能交朋友。

爸說的沒錯，我在學校也是有機會認識媽媽說的「有禮貌家裡有錢」的朋友，如果媽媽沒有逼我吃那麼多爸工廠的零食的話，那些「有禮貌家裡有錢」的同學，像是巫品叡或是趙宥廷，就會是我的好朋友。但是他們只跟瘦子交朋友，不會找我這種大摳呆。

「在指望中要喜樂，在患難中要忍耐，禱告要恆切。」

SUN.

後來媽媽跟我說，預計下禮拜六會舉辦一次募款餐會，會義賣拍賣一些大家捐出來的收藏品，還有一些表演活動，像是曾哥哥的魔術，跟孫哥哥的樂團。

媽媽說那天我們家要盛裝出席去吃飯，我問媽媽，可不可以上台表演爵士鼓。

「但我們若盼望那所不見的，就必忍耐等候。」

MON.

今天一放學，媽媽就帶我去教會找孫哥哥，又找執事，講了一大堆話要讓我上台當鼓手，他們都沒辦法決定，媽媽打算明天開會再提一次。

主，我是有罪的人，這樣的我還能再請求祢的恩賜嗎？求祢讓我上台打鼓，一次，一次就足夠了，讓我跟志豪一起表演一次，我就心滿意足了。

「既是這樣，還有什麼說的呢？神若幫助我們，誰能敵擋我們？」

TUE.

媽媽直接帶我去教會開會，我非常非常緊張，整個會議室只有我一個小孩。

媽媽直接說李茜家是受災戶，小茜這時候不適合上台表演，還補充一句「打鼓這到底是男孩子的事情，彈琴比較陰柔才適合女孩子」。國小鋼琴冠軍的志豪他媽媽臉都僵硬了，當下在心裡跟志豪說一百遍對不起。

最後，我又能跟志豪一起玩樂團了。

「與喜樂的人要同樂，與哀哭的人要同哭。」

SUN.

昨天週六，我們在大飯店舉辦募款餐會，拍賣跟表演交叉進行，很多人捐出花瓶跟油畫，又自己競標買回去，這樣會算錢嗎？我搞不懂。

表演的人坐一桌，古老肉不知道是什麼肉但特別好吃，甜甜的，跟外面餐廳常吃到的糖醋里肌很像，可是不知道為什麼叫古老肉。

志豪上台前很緊張，什麼都吃不下，連剝好的超大蟹腳也不吃，為了讓志豪放鬆心情，我把偷練的耍鼓棒耍一次給志豪看，結果不小心出槌，本來覺得很丟臉，但是看到志豪笑，露出他的招牌虎牙，我覺得完全值得。

表演很成功，東西很好吃，大家都很開心，志豪還約我參加他今年的慶生會，這是我十二歲以來最美好的一天。

「不敵擋我們的，就是幫助我們的。」

MON.

本來不想再寫這本日記，想在最好的時候畫下句點。可是這禮拜三是志豪的生日，我好期待去參加他的慶生會，而且志豪早就約我一起去玩了。

我已經準備好送給志豪的禮物，他一定會喜歡。

「凡屬基督耶穌的人，是已經把肉體連肉體的邪情私慾，同釘在十字架上了。」

TUE.

Oh my GOD！媽媽居然說明天是世界愛滋日，只要是同性戀都會得愛滋，要我跟他一起去教會幫可憐的同性戀禱告。就算我說我要去志豪的慶生會，他還是堅持要我去一下下。甚至說我不去禱告，直接去志豪家的話，我以後一定會得愛滋，志豪也會得愛滋。

SHIT，我不喜歡髒話，但我心情真的覺得 SHIT，我不是同性戀，幹嘛得愛滋。

「凡屬基督耶穌的人，是已經把肉體連肉體的邪情私慾，同釘在十字架上了。」

WED.

放學就去陪媽禱告一下下之後，我一個人立刻衝去志豪家，還好慶生會還沒結束，我送給志豪一台日本最新型的怪獸對打機，是爸去日本買給我的，我捨不得玩，志豪高興到勾我的肩打我肚子說：「謝啦兄弟。」

我從那時候開始覺得身體好熱，喝了很多可樂，還是好熱，回到家之後還是好熱，我不敢告訴任何人，而且現在小弟弟翹很高、頭很暈，怎麼辦？

「凡屬基督耶穌的人，是已經把肉體連肉體的邪情私慾，同釘在十字架上了。」

SUN.

今天早上我裝病不去教會，家裡只有我一個人，偷用爸房間的電腦，看看能不能從網路上找到同學說的消除小弟弟翹的方法，可是我找不到網路。

已經好幾天都夢到志豪，醒來的時候小弟弟都翹翹的，很不舒服。

「至於淫亂，並一切汙穢，或是貪婪，在你們中間連提都不可，方合聖徒的體統。」

MON.

雖然覺得很丟臉，但我只好去找學校的體育老師。

下午體育課之前我問體育老師，老師聽到我的狀況竟然大笑，問我是不是夢到喜歡的女生，我說不是，他問我夢到什麼，我騙他說我沒作夢。

體育課的時候，老師把男生留在教室，讓女生出去自由活動，然後講一些勃起、夢遺、自慰，還問大家有沒有打手槍的經驗，有些說有，巫品（巫品叡啦）還說沒打過手槍的是處男。原來這很正常嗎？最後老師說打手槍很不好，要多打球多運動，就放我們自由活動，我跑很多圈操場，喝很多水。

放學的時候巫品拉我去廁所打手槍，巫品一邊玩他的小弟弟一邊教我，原來這樣就是打手槍，他要我想著喜歡的女生打手槍，他問我喜歡誰，我要他先講，他說他喜歡班上的王雪晴，我騙他說我也是，後來他尿出白色的濃濃的尿，我什麼也沒有，小弟弟翹不起來，只覺得腿很痠。

「不要被人虛浮的話欺哄，因這些事，神的憤怒必臨到那悖逆之子。所以你們不要與他們同夥。」

TUE.

今天真是SHIT！！！！！巫品一定會下地獄！！！！！明明就是他拉我去廁所打手槍，居然跟全班說他偷看到我一個人一邊唸著王雪晴一邊打手槍！！！！！我揍了巫品，媽媽來學校要我道歉！還拉著我的耳朵去教會被羅牧唸一整晚！FUCKQ巫品下一次咒死的就是你！！！！！

「我告訴你們，受審判的日子，索多瑪所受的，比你還容易受呢！」

WED.

後來有人幫我作證，看到放學後巫品拉我到廁所去，同學才相信我說巫品暗戀王雪晴還有打手槍的事，昨天王雪晴還罵我噁心，今天怎麼不去罵巫品，因為他家有錢嗎？

真是噁心。FUCKQ

「你們聽見有話說：不可姦淫。」

SAT.

昨天老師要我跟巫品寫道歉信，還要互抱一下，噁心死了，最後罰我們跑四圈操場，跟不准大家再提到打手槍，不然就打手心。

今天教會練團結束，志豪問我在我們學校打手槍是不是真的，我騙他說不是，他說還以為我很酷已經不是處男了。

早知道就說是。

「這些人都是因信得了美好的證據，卻仍未得所應許的。」

SUN.

氣到不想寫日記，以為之前被巫品亂講話那天已經夠SHIT，結果不是，前天平安夜，我打破鼓皮，志豪說我太爛還不如李茜。

昨天羅牧跟媽媽說，看到爸跟工廠的蘇秘書上摩鐵，媽媽氣炸跟爸大吵一架，媽媽對爸的房間砸了很多東西，還摔破一個募款餐會買回來的盤子。

還有昨天晚上，我夢到志豪用他翹很高的小弟弟，一直去戳王雪晴的肚臍，一邊戳一邊罵我是處男是死同性戀。

我不是同性戀我沒有愛滋病啊！

醒來的時候不知道為什麼小弟弟又翹很高，但我一直流眼淚。

FRI.

沒想到會找到這本日記，這樣看起來，12 歲的王家恩真是不折不扣的人渣。滿腦子只有男人，又自大又蠢，連標點符號都看到讓人生厭。

小時候寫日記，不論藏在哪裡，就算是床板跟床墊中間，也能被我媽找出來。只有這本精裝日記本，書背上寫著 BIBIE，很像聖經 BIBLE，安然無恙逃過一劫。但我聰明反被聰明誤，還誤把這個當聖經帶來宿舍。

小時候也夠誇張，連第一次晨勃跟自慰都記得一清二楚，一定是日子過太爽，而且尹志豪的事情也寫太多了吧！我差點忘記他是誰。

我他媽怎麼可能真的忘記尹志豪是誰？

當初媽懷疑我暗戀尹志豪，我還死鴨子嘴硬掛保證說沒有，要跟他絕交也沒問題，媽居然嗆我說拿什麼資格跟人家絕交？嘴臉多噁心，我怎麼會不記得？巴結尹家也是她、八卦尹家也是她，每天說教會裡面的人都是三姑六婆，我看她才是第七第八婆。雞掰婆，簡稱78婆。

爸也是很奇怪，外遇也不跟這78婆離婚，說什麼顧全兩家人的面子，搞得不離婚不分居，媽還強迫要我繼續上教會。結果她根本記不住羅牧佈道的時候說什麼，只記得邱阿姨說同性戀為了擾亂人倫鼓勵性愛自由吧吧吧什麼的，說這些都是因為同志想偷人。

搞笑，難道我爸是找我上床嗎？

不過，倒是有夢過，不存在的叔叔伯伯或舅舅跟我上床，也許就可以一次突破家庭跟同性戀兩種牢籠，做自己。偏偏我沒有，只有看媽不順眼的女人們，一心想要我傳承香火的阿嬤，跟一心認為媽死愛錢才想離婚討贍養費的小姑姑。還以為爸外遇，他們會感到丟臉。結果真正感到丟臉的，竟然是外婆。媽媽的媽媽，不愛自己的女兒；媽媽的姊姊，也不會愛自己的妹妹。沒結婚的大阿姨，以前常說嫁出去的女兒跟當業務的男人，都是潑出去的水，一去不返。現在爸外遇，過年媽媽只帶我回娘家。大阿姨硬是要把媽媽擋在門外，要媽住旅館，初二才能進門以免晦氣。

女人真是又蠢又笨又不團結的生物，光是一個男人外遇，全都指向老婆不對。難怪女人要唱女人何苦為難女人。只有小阿姨安慰媽，每次過年外婆他們吵架，小阿姨都會帶我出去，拜二媽或是吃米苔目。雖然他不懂為什麼我不拿香，但他都順著我。好希望他才是我真正的媽媽，這樣我就不會每天被關在學校或教會，也不用做什麼都報備。

小阿姨總是把我當小孩子，常常送糖果給我，高二過年，他送我一盒鐵罐水果糖。這是他最後送我的糖果，後來他變成別人的第三者，私奔。這是他給我媽、甚至是我，又一次沉重的打擊。我真的不想恨他，但他作賤自己，去傷另一個女人的心，老實說，真的，真的，很噁心。「人的仇敵就是自己家裡的人」。

中文說物以類聚，也可以理解為什麼媽不再連絡任何親戚，只跟教會中的三姑六婆鬼混。尤其是被拋棄的深閨怨婦邱阿姨。

感謝過去害怕早上「升旗」的我每天拼命跑步，現在的我至少是號稱 190 的瘦子。接下來四年我要一邊寫遊戲腳本一邊享受台北生活，遠離那個民智未開的蠻荒。

先從當一個不那麼 Gay 的 Gay 開始吧。

SUN.

原本想要一年之後再翻開這本日記，寫下來台北一年之後的我有什麼改變。但實在忍不住，總覺得秘密要從嘴裡噴出來。如果不找個樹洞，無法埋葬國王的驢耳朵。雖然最後，大家都知道了。

發現自己喜歡尹志豪那天，我把自己關在浴室洗澡，一直洗澡，不斷洗澡。洗了很久，很累，很痛。沐浴球被我刷破，全身紅腫，臉也脫皮。看著自己肥大的肚皮跟肥腫的四肢，猜測自己全身充滿多少愛滋病毒。覺得自己快死了，把沐浴球毛巾牙刷全部丟掉，躺在床上等死。

後來還是照樣上學，但不敢去教會，深怕把同性戀跟愛滋都傳給志豪。現在想想，十二歲的王家恩，貼心可愛的令人發笑，那時候西元一九九九年，都快二〇〇〇年，居然這麼愚昧。一隻井底之蛙。現在想想，還是那麼悲壯。一個十二歲死小孩能為愛做到的犧牲，遠超過現在十八歲的我的想像。

之後總算學會打開撥接機上網，偷偷查了很多同性戀跟愛滋病，確定自己沒有得病，鬆一口氣大哭一場，才敢回到教會。跟志豪遠遠的見面、淡淡地招呼，最後又變成好朋友。從世紀帝國、紅色警戒，到天堂、RO，還有用電視玩超帥的惡魔獵人。

我們一群教會男生，聚在志豪家裡玩 PS2 的惡魔獵人，都沒想過原來但丁可以這麼帥。那時候，志豪說我在巴哈姆特寫的網路小說很有看頭，未來可以繼續寫小說，改編成惡魔獵人之類的遊戲。我太容易被他說服，想著反正中文系分數不高，我也不太會讀書考試，乾脆大學考個台北的中文系就好。結果高二模考，我的成績連台北好一點的私立大學都摸不到。乾脆暫停寫小說打電動，現在才勉強逃離苗栗跑來台北。

在高二下準備考試之後，我幾乎只有學校能去，連教會都被媽規定不能去。聽說志豪也考上台北，而且是國立。希望能再去找他。不過台北那麼多人，男人女人，也許他根本不在意我，只在意漂亮女人。我也可以放下他，找到屬於自己的新世界吧？

SUN.

以前台視曾經播過孽子，看了幾集之後被媽發現，說同性戀傷風敗俗，不准我看。但我對二二八公園聚集男同志這件事情印象深刻，這也是我想要來台北的最主要原因。後來我也直接找白先勇的原作和朱天文的荒人手記。白先勇跟朱天文的文筆高超，我才真的知道大眾文學跟純文學的多麼格格不入，而論小說我還只是小咖。不過寫遊戲劇本的話，就不用純小說這樣文謅謅。現在的我，只想去二二八，親眼見證男同志的王國，我的新世界。

SUN.

異性戀，全都是異性戀，或者苟且的男女，簡稱狗男女。

二二八公園裡外從早到晚，已經不是我想像的新世界。早上是異性戀家庭，扶小攜老出門，裝出一家和樂，晚上是發春狗男女暗處交合。我沒辦法再待更晚，不然沒有回宿舍的公車。

上網查了才知道，在台北，男同志的社交早就「地下化」，有專屬的書店、酒吧、健身房和三溫暖。還好，還好這一切還不順利。到現在我還不能接受網路上近乎野蠻的露骨邀約，就是打一下或睡一下都不行。我知道我膚淺、難看又怕生，但浪漫一點，或慢一點，這要求不過分吧？或許再慢一點，等生日之後吧。

SUN.

不習慣申論題，中文系字多，手寫疲勞，右手二頭肌像是打了二十四小時的手槍那樣痛。有些根本不是申論是默寫，如果老師多出一點默寫題就好。

媽突然到宿舍找我，讓我想到以前被監視的感覺，只能裝作若無其事。他帶很多食物給我，這些我倒是心懷感激，只希望他別再滔滔不絕。他一開口，我就想拔腿狂奔，像小時候參加神學暑期營隊那次。但是幸好小時候勉強參加那次，現在宿舍生活技能，像是洗衣什麼的還能自理。室友每週六都帶衣服回家洗，看他大包小包風塵僕僕，週間不洗衣服的意志堅定，讓我「鼻酸落淚」。

回頭看看之前的日記，用字遣詞和今日差之甚遠，根本是雲泥之別。有點偏愛今日的行文風格，但網友覺得這就不是《魔幻縫線》的風格。不過系上有個文學獎，試著寫寫看好了。

SUN.

上週中文週，系上舉辦很多活動，我本來沒興趣參加，導師時間被迫出席，突然被女生抓去化妝。那些粉撲腮紅弄得我不斷打噴嚏，化完妝的自己都不認識自己！而且竟然是旦角！是女人！那些瘋女人說，反正京劇不論什麼角色都是男人唱，當然是女生負責化妝，男生負責亮相。他們把化成小生的系草書偉跟我湊一對，還搭上戲服猛拍照。

那時候，有一瞬間，我真的怕了那些瘋女人。他們到底知不知道我是Gay？還是一時興起擺弄他人人生的興致？幸好他們不是我媽，而且書偉那麼帥，長得像孽子裡面的李青，結果是我賺到？

SUN.

以前心煩的時候，習慣到教會去，心想可以看到志豪就好。剛搬上台北，心裡也有這股衝動，總覺得志豪就在教會。明知道台北教會那麼多，志豪又不一定去教會，而且也怕教會因為種種排斥異端的藉口趕我。最後鼓起勇氣，到隔壁寢室找書偉打星海，漸漸變成習慣。

雖然書偉是這次期中考必修科目第一，但是打電動根本是全男舍第一，讀書、電動跟外型都得第一，太讓人羨慕了！想倒追他的女生一窩蜂，卻一直保持單身，連我也猜他到底是不是「圈內人」？確認這件事之前，先讓我用星海獨佔他一會兒吧！

SUN.

花太多時間跟書偉一起玩星海，結果巴哈姆特的小說都沒有更新，甚至一度忘記自己想寫什麼，更別說系上的文學獎。今年就先PASS吧！看到人稱風流才子的大四學長摩拳擦掌，誰敢跟他硬碰硬？而且我每天都能進書偉房間，看他打赤膊和我作戰廝殺，為了這件事情做點犧牲也是足夠的。

SAT.

今天書偉主動跟我聊色，其實看他網路瀏覽，我也該知道他是直男，在他的性幻想裡，就算3P也只有兩女一男。我答不出他問我的番號，只好騙他說我都偷拿叔叔的PLAYBOY打手槍。那些不存在的男人是我寄望突破牢籠的破口，但我有顏淑貞這座牢籠，牢裡有名為家庭的禁閉室，只有短暫的遊戲時間才是自由。寫不了的日記是青春的沉默。

搞笑，我怎麼開始強說愁了？不過就是書偉說他想去萬華西門附近，尋找他的轉大人成年禮而已。他問我有沒有興趣，我嘴上虧他第一次用買的不如賣給我，心裡想用一輩子做牛做馬跟他買。他笑著打開電腦網路要我滾開，讓他打手槍。在他清槍管這時候，我一手寫日記，一手握著屌，想著他，像白癡一樣。

等等繼續寫魔幻縫線，順便把自己縫死算了。

SAT.

昨天又去二二八，下定決心要跨夜。其實晚上還是有些 gay 出沒，終於不再只有狗男女，還有狗男男。有些人跟我要菸，我沒有；有些人跟我要藥，以為是威而鋼，但好像不是。眼中羨慕別人成雙成對走過，腳底卻像樹一樣生根。其實出沒的人沒有以前蘖子演得那麼多，來得快散得快。後來放棄，離開二二八，找個網咖一邊打星海，一邊等天亮搭公車回宿舍。

如果時間可以倒退一點，昨天我真不該去二二八。天快亮的時候我離開網咖，看到志豪跟一個女人走出旅館。我下意識跟蹤志豪，他們到路口分別，志豪一個人走到教會，有一個女人在等他，見面就給他一吻，兩人牽手走進去。

我想再去二二八，誰開口我就開幹，幹了我或幹了他。

第四章

到了十月，樹葉被太陽烤成黃色，秋天是黃色的季節，黃色代表老虎，所以，秋天是老虎狩獵的季節。當秋老虎鎖定家興撲過來的時候，他可以躲到「侯家在」，就著檳榔和荖葉的恩澤，閃避秋老虎的襲擊。

不過，這是有代價的。代價就是：將雙手獻給檳榔和荖葉，幫他們洗澡和修眉，照顧到服服貼貼。這些全部都是侯侯姨婆說的。

「侯家在」，一間十坪大的店鋪，是阿嬤工作的公司，檳榔專賣公司，阿嬤稱得上是這裡的總經理，侯侯姨婆無疑是這裡的董事長。她們聯手出擊，手藝高明，雖然不能制霸艋舺，但也稱得上雄踞一方。

阿嬤經常把「少女事蹟」掛在嘴邊：三十年前，阿嬤和姨婆的美貌，可是「絕代雙嬌」，侯侯姨婆輩分大，是大喬，阿嬤年紀比較小，是小喬。有次，阿嬤又說了「絕代雙嬌」的事，剛好被侯侯姨婆聽到。沒想到，侯侯姨婆耳朵不好，反問阿嬤：「什麼香蕉？我們是雙嬌啦幹！」

「對對對，你是大喬，我是小喬。」阿嬤非常習慣侯侯姨婆出口成髒。

「不是啦，你是艋舺美女大家瞧，我是人人走避奈何橋啦幹，哈哈哈哈！」姨婆說完，露出黑齒咧嘴大笑。不只是話髒，牙也不乾淨。

姨婆說的故事和笑話，家興總是有聽沒有懂。阿嬤說，姨婆這個叫「直腸子」、「真性情」，想哭就哭、想笑就笑。生活裡少一點心機，就多一點快樂。阿嬤說的頭頭是道，但家興聽不懂，「心機」又是什麼？

「其實啊，人生有很多苦難啦。所以說喔，要趁可以笑的時候，多笑一笑，好運就會來，知道嗎？」侯侯姨婆一邊說，一邊捏家興的雙頰：「唉呦，這麼瘦，該多吃一點。」在那瞬間，家興第一次看清楚，侯侯姨婆充滿檳榔味的左手，有六隻指頭。

喝著冰沙士，二氧化碳衝出鼻子的痛快，還有「侯家在」冷氣轟隆隆的涼爽，光是這些，就值得家興跟著姨婆還有阿嬤一起笑了。

但他不知道，侯侯姨婆的苦難，才造就「侯家在」這座小小天堂：侯侯姨婆的老公，也就是侯阿公，去世之後留下一屁股賭債，跟狐狸精的兒子。看著侯阿公的遺體，她哭啊怨啊。侯侯姨婆孤家寡人，沒有親戚願意幫助侮辱家族的她。還好阿嬤提醒侯阿公留下檳榔攤，對姨婆打氣：「人生可以失望，不要絕望。」兩個人合夥賣檳榔，第一個月計算收入的剎那，侯侯姨婆笑得合不攏嘴，都不生阿嬤的氣了。

很多年後，李家興才聽明白阿嬤說的故事：侯阿公，就是他的阿公。
侯侯姨婆雖然不是家興的阿嬤，卻疼惜家興像自己的金孫，大概是因為姨婆自己沒有孩子吧？可是，姨婆卻一點都不疼惜阿嬤的兒子李國興。在這方面，家興和姨婆很像——平常笑容滿堆，乍看到李國興出現，都笑不出來。

大多時候，李國興通常在公園鬼混，跟組頭一起看報簽賭，或是宮廟之間輪轉，打雜換取供品。一旦出現在「侯家在」，不是伸手討錢，就是伸手討錢，順便摸檳榔西施兩把。他的豬哥行徑，讓侯侯姨婆氣到破口大罵，兩人甚至在檳榔攤上扭打起來。家興躲在夢露姊姊身後，看都不敢看。

劍拔弩張的衝突，隨著阿嬤拿起檳榔刀，劃傷李國興的右手背，雙方才冷靜下來。

「匪類，別再來店裡。阮回家好好教訓恁。」阿嬤刀指李國興，那天，家興手中剛打開的沙士罐，噗嘶——成為尷尬的襯音。

「老太婆，你們兩個別太唱秋。以後一起走奈何橋啦。」秋有秋老虎，要怎麼唱呢？家興聽不懂李國興說的話。奈何橋不就是侯侯姨婆，怎麼走？

那天晚上，阿嬤下班回家，也沒有真的「教訓」李國興，只是指著電視櫃下方抽屜，淡淡的說：「要錢這裡拿，要臉自己賺。」

那天晚上，李國興拿走抽屜裡全部的錢，徹夜不歸。

至於家興看到李國興，笑不出來的原因，則是十分簡單——他是沒有媽媽的人。在學校，家長會沒有家長來，大家都說他是孤兒，不論家興怎麼辯解都沒有用。而且，身為男生的他，座號卻是全班最後一個，跟女生排在一起。每次上廁所，都有人笑他走錯。家興好想跟媽媽哭訴，可是媽媽已經不在了。

「杜文文伊死沒良心，哪個媽媽會丟下自己兒子？伊已經不是恁阿母了。伊不配。李家興，你男生，多吃一點，長高長壯，不要哭哭啼啼，人家就不會笑你。」放學後，阿嬤一邊吃便當，一邊把自己便當裡的雞腿塞給家興，匆匆趕去包檳榔、剪荖葉。

家興盯著邊當裡面兩隻雞腿，環視「侯家在」的一切：冷氣、冰箱、電視、喝不完的飲料。如果每天都有媽媽，是不是就沒有飲料跟雞腿便當？一時之間，家興選不出來。但是，爸爸跟媽媽之中選一個，他還是會選媽媽。雖然他的鬥拼拼片、迴力小車，全部都是爸爸送的。媽媽除了聯絡簿簽名，什麼都沒有留給他。或許有吧？被李國興撕毀和丟到垃圾桶裡。

十月，是檳榔產量高峰。阿嬤和姨婆例行南下，和檳榔農家商量，都不在艋舺。星期五，家興下課，到檳榔攤拿了一瓶沙士後回到家，看到百無聊賴的李國興，翹著二郎腿看電視，脫口而出：「我餓了。」

「夭死鬼，一聲阿爸都不叫。」李國興用腳指向桌子，「餓了吃餅，我吃不完。」桌上滿滿的戚光餅，是李國興在宮廟混來的。

「我要吃雞腿便當。」想起李國興都從抽屜拿錢，家興本能似的拉開電視櫃抽屜。他來不及問，李國興連滾帶爬衝上前，搶走那包錢，又驚恐地猛踹家興兩腳：「幹你娘，誰准你摸錢？」

被踹得太痛，家興放聲大哭，李國興才從驚恐中回過神，急急忙忙安撫他從來不曾好好疼過的兒子：「家興乖，剛剛是爸爸不好、爸爸壞壞。」

「我要跟阿嬤講。」

「家興答應爸爸，不要跟任何人講，爸爸就帶你去吃好料的，好不好？」

「阿嬤也不行嗎？」

「當然不行。家興乖。你是爸爸的幸運星，送你玩具車好不好？不要告訴任何人，好不好？」

雖然在阿嬤和姨婆的照顧下，家興不再是以前那隻瘦巴巴的猴子，但李國興連哄帶拖，還是把哭鬧不休的潑猴帶出門了。李國興說，要帶家興逛逛不一樣的夜市。家興收住哭聲，滿心期待地前往華西街，卻是單純路過，一口燒麻糬也沒有。父子倆坐在路邊熱炒店，只點一盤三杯田雞，無限續飯。

這是家興第一次吃到那麼小支、那麼多支的雞腿，又油又香又嫩。家興狼吞虎嚥，一直吃到第四碗飯，淋上餘下的醬汁，才終於飽嗝一聲。

「好吃嗎？」李國興一口沒動，只是點一支菸，靜靜看著兒子飽餐一頓。

「好吃。」雖然這道三杯田雞，長得不太像雞，但一樣好吃。

「我小時候，在水邊抓田雞烤來吃，比雞還要好吃。」李國興背著光，志得意滿對家興笑著說。這是家興第一次覺得：爸爸好帥。

家興吃飽以後，爸爸牽著他，在康定路、桂林路一帶兜圈子，穿梭在眾多店家之間。兜了好一陣子，爸爸指向一台遙控車說：「喜歡嗎？爸爸買給你。」家興沿著手指望去，一台藍白相間的帥氣跑車，被困在略顯破舊的紅色紙盒裡。

心底油然而生的正氣，讓家興想要解放這台可憐的跑車，他用盡正氣大聲地說：「好。」

這個店面很寬，商品擺得滿、滿、滿！除了玩具，還有很多電視機、收音機、掛畫、首飾跟手錶等等。跟其他路上的專賣店不同，這裡好像什麼都有、什麼都賣、什麼都不奇怪。

「我想要這個遙控車，多少錢？」爸爸指著玩具，對意興闌珊的店家老闆問。

「八百，不可以砍價，不然會被砍喔。」老闆說完，自顧自地笑，聲線尖尖高高的。

「就八百，幫我裝袋子。」趁著老闆轉身拿紙袋的空檔，爸爸順手摸走攤位上兩支手錶，放進家興的口袋裡。

老闆裝好提袋回過身，準備一手交錢、一手交貨的瞬間，覺得不太對勁：「奇怪，怎麼會有少？」

「快跑。」爸爸一邊拍打家興的背，一邊大喊。懵然無知的家興，就像被拉到最底的迴力小車，一口氣衝了出去。衝過人群、衝過車潮、衝過黃燈、衝過黑夜。他不斷地跑，人生地不熟的艋舺，只記得小學跟「侯家在」。口袋沉沉，他不知道為什麼要跑，不知道跑到什麼時候。此刻家興和這世界上所有人一樣，快跑！

他就這麼跑過西昌街、錯過華西街，甚至跑過小學校門口，來到熟悉的檳榔攤前。家興看到夢露姐姐穿著粉紅睡衣，正專心地服侍檳榔。

「家興……等……等一下，」爸爸不知道從哪冒出來，氣喘吁吁，懷中緊抱著那台裝著遙控車的提袋：「不要……過……去……跟爸爸……回家……」

爸爸伸出手，家興毫無防備地牽上，等爸爸喘過氣後散步回家。爸爸用搖控跑車，交換家興口袋中的兩支手錶。當家興將手錶取出、遞給爸爸，沉甸甸的手錶，跟同學戴的卡通手錶好不一樣，好像更帥了。

「我的幸運星，答應爸爸，今天晚上發生的任——何——事，都不能跟別人說喔。」爸爸停頓一下，口氣凝重：「尤其是阿嬤跟姨婆。」

「我答應你。」一手牽著爸爸，一手提著遙控車，跟爸爸相處和樂融融這回事，家興從來沒有料想過。

「你發誓？」爸爸鬆開手，手比出「四」的手勢。

「我發四。」家興雙手抱著遙控車，蹦蹦跳跳，「我對觀音娘娘發四、我對媽祖娘娘發四、我對靈安尊王發四、我跟全艋舺的神明發四。」

「你發四什麼？」爸爸對兒子的童言童語感到好笑。

「發四我最愛爸爸！」家興開懷大笑。

「才怪，你最愛你自己吧。」爸爸拿出一支摸來的女用手錶，給自己戴上，「哎，可惜。」大小不合，他從手腕上取下，給家興戴上，「你還行。我的幸運星，你今天賺到了。」

就這樣，李國興和李家興這對父子，一人戴一支手錶，走在艋舺街頭，在下巴處比出「七」的手勢，走出帥氣的步伐。家興學習李國興的姿勢，胡亂舞動著扭扭捏捏的快樂。

現在，媽媽跟家盛又在哪裡呢？念頭一閃而過：可以笑的時候，多笑一笑，好運就會來。家興抱著遙控車，戴著手錶，臉頰笑到發疼。

隔天星期六，還是得照常上學的日子，連夜載檳榔和荖葉回艋舺的阿嬤，透早就準備好豆漿和燒餅，來叫喚家興起床、吃早餐、上學。

阿嬤打開房門，看見家興睡到流口水，懷裡抱著那台還沒離開紅色紙盒的藍白跑車。家興打算今天帶到學校炫耀：誰說我沒爸爸？這是爸爸買給我的！

「李家興，睏懶豬，緊起床。恁車子哪來的？」阿嬤毫不留情掀開被子，家興半睡半醒之間，任阿嬤擺佈、穿上制服。

「就，爸爸送的啊。」想起昨天的三杯田雞，夢裡再吃一回，家興露出心滿意足的笑容。

「恁阿爸哪來的錢？落屎馬。」阿嬤一邊整理家興的書包，一邊翻出聯絡簿簽名。

李花，扭扭捏捏，像家興昨晚的舞步。

「賊……」差點脫口而出，家興驚醒，想起昨天對天發「四」：「去廟裡吧？桌上好多威光餅。」

「哼，恁阿爸，無路用啦。只能混角頭。你啊，努力讀書、考大學、當教授，有錢有名，人家才不會欺負你，知麼？」阿嬤把書包背上，「快遲到了。」

阿嬤喝豆漿、家興吃燒餅，阿嬤揹書包、家興抱跑車，一老一少，去上學。

星期六上課特別無聊，所以下課鐘一打，孩子就像米香一樣，從座位上爆開，發出巨大的聲響。他們優先注意的，是找出誰今天帶來最好玩的玩具。四九號李家興，抱來那一盒帥氣的遙控車，首當其衝，變成全班男生的目標。

「昨天晚上，爸爸帶我跟阿嬤，喔，還有我媽跟我弟，一起去餐廳吃飯。吃到以前都沒吃過的東西，非常好吃，不是雞做的雞肉喔！然後啊，又帶我們去逛百貨公司，裡面遊樂場好好玩，我跟弟弟怎麼跑、怎麼玩，都沒有大人管。而且啊，回家之前，爸爸還帶我們去逛玩具店。他挑了這個給我，我弟都沒有喔……」第一節下課，男生們圍觀李家興組裝遙控車，不厭其煩地聽他鉅細靡遺捏造的家庭喜劇。

第二節下課，家興去上廁所，還有座號十二號，自願當保鑣，只為了跟他搭話：「哎，我跟其他人都不一樣，這麼挺你，等你車子組好之後，可以借我玩嗎？」

第三節下課，家興到福利社買遙控器跟跑車的電池。在走廊上，座號九號攔下他，塞了幾包小餅乾到家興的口袋：「說好喔，車子組好之後，第一個借我，不要先借別人。」免費的餅乾最好吃，家興第一次感受到「特權」——擁有車，就擁有快樂、朋友跟免錢點心。

星期六的無聊課程只到中午，放學鐘聲一響，男生們一齊興奮地拍打桌子，像宏偉出征的戰鼓，催促李家興展示他至高無上的權杖——掙脫老舊紅色紙箱，勢不可擋的藍白相間跑車。

當李家興放下跑車的剎那，他們停止喧囂；當李家興拿起遙控器的瞬間，他們屏氣凝神；當李家興打開電源，跑車穿梭在桌椅之間，他們歡聲雷動。當李家興正在熟悉操作，跑車卻撞上導師的白色鐵桌，他們應聲哀號。

眼看跑車後輪還能轉動，徒然原地畫圈，有些人喊加油，有些人已經興致缺缺。李家興頹然地放下遙控器，無奈身邊同學還在數著：「一百八十六圈、一百八十七圈、一百八十八圈……」

最後，家興把遙控車摔進學校的垃圾桶，頭也不回的跑向「侯家在」。他好想哭，但他不准自己哭，因為他是今天的主角。

家興滿懷期待投入阿嬤的懷抱，跑向檳榔攤，沒想到有一群人把店門口團團圍住。帶頭叫囂的男人，聲線又高又尖，好像是昨晚賣遙控車的老闆。晚上沒看仔細，他又瘦又長，尖鼻尖嘴，咆嘯的聲音也尖銳，身後跟著三個技安，根本就是《小叮噹》漫畫裡面的阿福。

大人阿福一看到家興，就衝上來抓住他的手臂，大聲嚷嚷：「就是你這個手腳不乾淨的小子。」

阿嬤和侯侯姨婆不知道哪來的力量，突破三個大人技安的阻攔，橫擋在家興和大人阿福中間，阿嬤還扳開大人阿福緊抓家興的手。

「夯你老爸，你們沒證據，不要在這邊以大欺小啦幹。」侯侯姨婆一出口就成髒：「誰稀罕你們賊市的東西，我們才不屑，我們都買公司貨。」

「做賊市的賊，你們也夠大膽。好歹我的東西來得正正當當，誰跟你們一樣用偷的？」大人阿福逼近家興，態度強硬，連盛氣凌人的姨婆都忍不住退後一步，「告訴你，這小子太歲頭上動土，我今天不教訓他，明天也會有其他人。把人交出來。」

「太歲？請問你是蛇馬羊，還是雞狗豬？笑死人。」姨婆嘴上說笑，表情卻是謝將軍的怒，「你說，他到底偷了什麼，讓你大人沒大量？難道他九歲小孩，可以偷你老婆？」

「偷你阿嬤啦。」大人阿福啐一口口水，「這小子，跟一個胖子，搶我一台高級遙控車，還摸走我兩隻手錶。勞力士的，你們哪裡買得起？我的人追這小子，追到這裡不見。隔壁說你們養小孩，原來還真是你們家的死小孩。」

「家興，有沒有？」阿嬤大力搖晃家興的肩膀，逼問他。

「沒——有——」家興用盡力氣尖叫，他再也受不了大人阿福的難聽碎念，「我跟觀音娘娘發誓，我沒有。」

「沒有的話，手錶哪裡來的？」阿嬤抓起家興的左手腕，大力搖晃。

「很痛，」家興甩開阿嬤的手，「阿爸買的。」

「恁阿爸哪有錢？說實話。」阿嬤再次抓起手腕，這次更大力，家興甩不開。

「我向媽祖娘娘發誓，這真的是阿爸買給我的！」遙控車是壞的，勞力士是偷的，老闆都上門抓賊了。最衰小的一天，家興終於哭了。

「人家都從康定路追到店裡，你為什麼愛說謊？」阿嬤更大力捏緊家興的左手腕，痛苦從他的眼眶中擠出來。

「我跟靈安尊王發誓，我真的沒有……」甩不開阿嬤的手。本來想要阿嬤的擁抱，竟得到阿嬤的逼供。

「福仔，胖子抓到了。」第四個技安，押著鼻青臉腫的李國興出現。

「李。國。興。你快說。到底發生什麼事?」阿嬤看到李國興，才放下家興的手腕。現在家興的左手，足足比右手腫一倍。

「就……我正在挑玩具給家興，誰知道他突然跑走，老闆還說他拿走兩隻手錶。我覺得這樣不行啊，就追上去。結果沒找到人……」

李國興說些什麼，家興聽不清楚，腦袋嗡嗡作響。說好的發誓呢?不論是向大人阿福下跪算盤，讓算珠嵌入他的膝蓋，還是阿嬤拿掃把打他，手把掄過他的後背，家興都不覺得痛。他反覆確認昨天晚上的一切，每一件事、每一個動作:笑到瘐是真的、跳舞是真的、戴錶是真的、發誓是真的、牽手是真的、奔跑是真的、遙控車是真的、田雞是真的。

李國興猛踹他兩腳，也是真的。可是，家興怎麼就忘了呢?

一個大人和一個小孩，跪在檳榔攤前，大白天人來人往的，任誰都會多看兩眼。侯侯姨婆一改謝將軍的怒臉，改成報馬仔的笑臉，一手奉上家興戴的勞力士 A 貨，一手奉上勞力士真貨的等價鈔票，再送五包紅灰、五包白灰，那個大人阿福和四個大人技安才欣然地離開。

「真是瘋公雞。生雞蛋無，放雞屎有。」瘟神離開後，李花一掌摑李國興的後腦杓，立刻把跪在算盤上的家興扶起來，「有要緊嗎？」

「花真貨的錢，買假貨的錶，怎麼可能不要緊？」李國興一臉不屑地起身，算盤甚至還嵌在他的右膝上，「錢也沒了，錶也沒了。了然。」

「恁祖媽養恁也是了然。」李花又一掌摑李國興的後腦杓，踢一腳他的右腿。腿軟的李國興又跪下去，「敗家子。」

侯侯姨婆試圖安撫家興，給他一罐沙士跟糖果。家興只是拿著沙士冰敷烏青的左手腕，堅持躲在萝露姊姊的身後，一句話都不肯說。任憑叛徒李國興從眼前溜走。阿嬤為了哄他，說明天帶家興到圓山的兒童樂園玩，家興都一聲不吭。

「不說話？那你不要當李家的人，別想踏進李家的門。」連叛徒李國興都沒拿過的厚禮，九歲的李家興居然獲得李花這般款待。他和阿嬤賭氣了五分鐘，眼看阿嬤的身影，消失在檳榔店門口，家興哭著衝出去找他唯一的親人。

阿嬤叫家興牽手，他不應，滿腦子想：怎樣讓李國興從李家消失。阿嬤叫家興吃飯，他不應，滿腦子想：怎樣讓李國興從他生命裡消失。阿嬤叫家興洗澡睡覺，他不應，滿腦子想：怎樣讓李國興從這世界消失。

殺死他？家興不敢。叫阿嬤趕走他？今天連自己兒子都出賣，阿嬤還是原諒他。叫姨婆打死他？姨婆最不願意看見阿嬤傷心。

夜深到阿嬤鼾聲如雷，家興還沒想出最完美的方法。詛咒他？艋舺有三萬六千路神佛王公、婆娘姑仙，沒一個能治李國興，又怎麼收拾他？想著想著，肚子哀號一聲，家興才想起晚上和阿嬤賭氣，根本沒吃晚餐。現在真的餓，餓到連咒罵李國興都沒力氣。

家興巡視客廳和廚房。不同以往阿嬤會幫李國興留些飯菜，今天竟然什麼都沒有，只留下一袋土司。餓到不容思考，家興打開餐桌那罐像奶油的東西，大把抹在兩片土司，合著吃下……這是哪家土司，味道真奇怪，好像吃土，又不像土。難不成土司真的是土做的嗎？

吃飽後，家興躺上床，準備繼續抱著謀殺親父的計畫入睡。睡意越沉，喉嚨就越加灼熱……老天爺啊，難道這就是計劃謀殺親父的現世報嗎？可是李國興還沒死。既然是報應，那就來吧。報應的原因，如果是李國興的死，他很樂意下地獄。睡吧，睡吧，一覺醒來，世界就不一樣了。

「家興，家興。」阿嬤大力抓住家興的肩膀，這是傳說中的死前跑馬燈回憶嗎？他想起阿嬤抓著肩質問他的下午，也許等等，就能見到為他煮湯飯的媽媽。

一陣嘔吐衝破他的睡眠，液體從他的口腔和鼻腔流瀉，甚至耳朵都有點濕潤。柔軟的床、亮白的光線、身邊的白衣天使。原來，弒父是可以上天堂的嗎？

「醫生啊，醫生大人啊，阮孫需要住院嗎？」阿嬤，是阿嬤的聲音。家興想要大叫，嘴張開來，又是一陣嘔吐。

「幸好發現得早，吃的石灰也不多，都好處理。但他現在食道受傷，會比較不舒服，我要再看看。」石灰？什麼石灰？他哪有吃石頭磨成的灰？

後來，家興沒住院，由阿嬤推輪椅帶回家，向學校請兩週病假在家靜養。所謂靜養，就是床上躺好，只能吃些稀飯湯水，豆漿牛奶都不能碰。他才知道，那天晚上餐桌上那罐奶油，並不是「奶油」，是阿嬤準備包檳榔的「白灰」。

家興請假在家休養，阿嬤卻沒有請假在家包檳榔，而是為了家興的安全，把所有跟檳榔有關的材料，都帶回檳榔店。阿嬤不在家的時間，付錢要李國興好好照顧他兒子。李國興倒也樂得守在家看錄影帶，照三餐餵家興吃些稀飯。畢竟稀飯便宜，多出來的錢不簽大家樂，也夠玩十八啦。

家興整日躺在床上頭昏腦脹，根本不知道李國興的算計。但他發現，這些日子的每一餐、每一口，都是李國興餵他。李國興還輕聲地允諾他：等他病好了，就帶他去打香腸。也許，這個稱作爸爸的男人，並沒有他想像的那麼壞。也許，就跟阿嬤說「虎毒不食子」一樣，再壞，他終究會愛自己的兒子。只要給他一些機會。

小孩的身體康復很快，病假第二週，家興早就在家，跟爸爸玩起追趕跑跳碰。阿嬤看到家興生龍活虎很高興，要他到去店裡找侯侯姨婆，一起吃雞腿便當。

「可是阿嬤，爸爸說要帶我去兒童樂園，還有打香腸。現在大家都在上課，沒人跟我搶玩具。」聽到家興的回答，阿嬤先是愣一會兒，接著若有所思的點點頭，當作默許。

家興一連玩了三天兒童樂園，也吃了三天肥滋滋的大腸包小腸，好像勁量電池，永遠不會累。一聽到阿嬤說病假就要結束，隔天要回到學校上學，他就賴皮在床上打滾裝病，不想睡覺。

正當阿嬤拿出「愛的小手」，爸爸立刻阻止阿嬤：「要不然，明天早上我帶家興去上學？」一聽到爸爸說要帶他上學，家興歡天喜地大聲叫好。阿嬤心裡有說不上的古怪，但也只能答應，把「愛的小手」收起，任由兒子處理。

隔天一早，爸爸帶著蛋餅跟牛奶，哄家興起床。家興一聞到暖暖的蛋餅味和牛奶味，立刻從床上跳起來，自動自發換好制服。這畫面阿嬤作夢也想不到——兒子終於長大，成為一個爸爸。

跟著爸爸並肩走向學校，家興刻意走得比平常要慢，要同學看見他身邊抽菸的瀟灑男子，就是他爸爸。不過，還沒有同學來找家興，爸爸卻先開口：「家興，你的校外教學費用，先借給爸爸好不好？」

「錢給你，那我就不能參加校外教學了。」

「你們的校外教學，也是去兒童樂園玩啊。你已經去三天，還想去玩嗎？」

「是嗎？可是老師說，我們這次會去歷史博物館，還有植物園。」

「你生病的時候，阿嬤去學校問老師，老師告訴阿嬤的。難道老師會說謊？還是阿嬤會說謊？」爸爸搬出阿嬤的名號，讓家興呆立一陣子。

「我……我還是想去，我想跟九號去，笑他不敢搭海盜船。」對於小學生來說，兒童樂園永遠不嫌無聊。

「呀啊，又不是不讓你去。爸爸答應你，錢會在交給老師之前還給你。大後天還給你。到時候，再多給你零用錢買麥當勞，好不好？」

想到校外教學能去，還能吃麥當勞，家興不顧人來人往，大街上就打開書包，把一疊鈔票交給爸爸。

那天白天，很多同學都來問他，那個抽菸的胖子，是不是他爸爸。那天晚上，家興很想分享這件事情，卻找不到他爸爸。

說好的大後天錢會還來，現在正好是大後天，都沒見到爸爸的身影。明天，星期五，是繳校外教學費用的最後一天。家興心裡害怕：這次要是沒跟上校外教學，是不是又會被同學嘲笑？一年級跟二年級，每次校外教學，媽媽都會找藉口請假。一次說要回去給外公掃墓，一次說外公病重要回去探親，時間順序都搞糊塗了。家興哪有見過他外公？只有一整天在家看卡通。

放學後，家興坐在檳榔店裡，端著姨婆準備的雞腿便當，一口都吃不下。看著姨婆站在戲稱「檳榔神壇」的工作桌前，老練地包檳榔、數鈔票，他忍不住開口：「姨婆，可以借我一些錢嗎？」

「恁阿嬤咧，借什麼錢？李花平常不是都塞零用錢給你花？」侯侯姨婆被自己的諧音笑話逗得哈哈大笑，家興還是擺出一張苦瓜臉。

「姨婆，我明天要繳錢參加校外教學，可是我把錢借給爸爸……」

「恁阿嬤咧，又是李國興。八成又去賭。你怎麼不直接找你爸爸討錢？」姨婆變臉很快，家興有點反應不及。

「他、他就，沒有回家啊。」

姨婆掏出「檳榔神壇」抽屜的錢，舔一下指頭，算出好幾張鈔票，塞到家興面前。家興緊緊盯著眼前的鈔票，深怕接到姨婆的口水。

「姨婆教你，你絕對不要跟你爸爸說姨婆拿錢給你，這樣他就不會還錢給你，知道嗎？晚上回家之後，記得跟阿嬤說爸爸借錢不還，知道嗎？」姨婆耳提面命，家興只覺得解脫——他可以參加校外教學了。

晚上回家，家興把姨婆教他的劇本照搬，阿嬤聽到家興的說詞眉頭一鎖，想要再拿錢給他，動作拖拖拉拉，正巧李國興領著兩顆饅頭回來趕上。

「國興啊，你拿家興校外教學的錢去哪？」

「就，去參加校外教學啊。」

「恁講白賊，嘛講正經的。幾歲的人在校外教學？」

「農曆十一月靈安尊王生，大拜拜，缺人陣頭。我去工作學擺陣，不就是校外教學嗎？」李國興雙手一攤，講得順理成章。

「你工作還有錢可以拿，哪裡需要學費？錢拿出來。」

這一切發展，都跟侯侯姨婆的劇本一模一樣：李國興又去賭博，一毛錢也不剩。李國興和阿嬤大吵一架，丟下饅頭怒吼：「恁爸拿命賭回來！」便奪門而出。到這時候，再向阿嬤坦承自己跟姨婆借錢，阿嬤也不會生氣。

「憨孫，錢的事情不用煩惱，你明天就拿錢去繳。跟姨婆借的錢，阿嬤處理就好。」阿嬤的反應，甚至說出口的話，都按照姨婆的劇本完美演出。太神奇，姨婆是半仙嗎？

「什麼半仙？我可是檳榔仙女喔。」聽到家興鉅細靡遺的回報，侯侯姨婆非常滿意地捏捏家興的臉，濃重的青仔味灌滿他的鼻腔，在他臉上留下六指捏痕。

至於李國興，說拿命去賭，也不是第一次。確切的說，每次去賭，幾乎都賭到只剩一條爛命。人生這檯面，他曾經多次翻盤過。年少時剛學會買股票的他滿面春光，以為自己風生水起，不顧一切和杜文文奉子成婚。結果遇上銀行爛寸頭，杜文文拉他一起簽廟口的大家樂，至少比股票有賺頭。

賺多，賭的更多。原先幸福美滿的人生，在孩子出生後全變樣，奶粉、尿布跟包巾，哪裡有比打麻雀、撲克跟四色牌來得有趣？孩子畢竟是女人家的事情，男人就應該征戰四方。置之死地而後生，大丈夫應如是。沒料到，渴望的輸一場、兩場、三場……兵敗如山倒，命也沒留下。

家興跟李花，也有過幾天沒見到李國興的經驗，原先並不在意他的一去不回。他丟下的兩顆饅頭特別硬，蒸過再咬還是費勁，只好和著牙齦出血，配米漿壓過怪異的甜味將就。但是兩週後，當家興校外教學回來，喋喋不休地向阿嬤分享，李花卻臉色一變：「恁阿爸咧？」

阿嬤跟夢露姐姐看顧檳榔店，由神通廣大的姨婆打聽李國興的下落。就這幾天，家興難得沒有李國興的平靜生活，被阿嬤和姨婆日益膨脹的緊張取代。

姨婆外出打探消息第三天，艋舺出現一些大人技安，拿著字跡潦草的借據，到處打聽李國興的住址。家興看得出來，這些人跟賊仔市的大人技安很不一樣——他們身邊有股甜味，熟悉的怪甜味，好像咬到牙齦出血。

這些人沒打聽到住址，到是跟賊仔市的人打聽到檳榔店。跟賊仔市討債那天一樣，一群虎背熊腰的人圍住「侯家在」。夢露姊姊抱起家興躲在儲藏室門邊，這讓他想起一種熟悉的感覺，是什麼呢？

檳榔店門口突然傳來破裂的巨響，家興和夢露姊姊一起往外看，身上雕龍刺鳳的大人技安，正朝店面砸酒瓶，酒瓶碎片飛濺一片片，白色、綠色、棕色的煙火。阿嬤像是誤入鹽水武廟的遊客，奔走躲避債務蜂炮四竄。啊，是阿爸酒醉，媽媽抱他躲開。可惜夢露姊姊不是媽媽，她的手臂太細，應該經不起酒瓶毆打。

一陣砸酒瓶和叫囂後，那群大人技安看到阿嬤和警察叔叔趕來，隨便潑灑一桶紅漆便一哄而散。家興從儲藏室走出來，但夢露姊姊卻沒有，她癱坐在原地，看見警察叔叔對她問話，才滴滴答答哭起來。

侯侯姨婆回到檳榔店，看見地上一堆破酒瓶、破玻璃和一攤紅漆，詫異地問：「現在是選秀紅毯，還是有人討債？」

「實在對不住，不成子欠人九百萬，好像走路了。」李花羞愧地清理殘破不堪的「侯家在」，不敢正視侯侯青葉。

「你沒事吧？」侯侯青葉牽起李花的手，上下打量她一遍，「你沒受傷最重要。」不知道為什麼，家興注視姨婆和阿嬤交談，有股說不上的感覺，好像剛才什麼事都沒發生，姨婆正要牽阿嬤走紅毯一樣。他想問夢露姊姊為什麼，但夢露姊姊放話一句：「老娘不幹了。」再也不回來。

晚上，侯侯姨婆少見的來到家中。阿嬤要家興早早去睡，卻不同往日壓著他入睡，只是從床頭櫃拿出一個紅色鐵盒到客廳去。家興被阿嬤和姨婆神神秘秘的樣子吸引，根本睡不著，就趁著李花不注意，打開房門偷看客廳的動靜。

遠遠的，家興看到電視開著，用不小的音量撥放李國興租回家的歌廳秀，阿嬤和姨婆卻沒看電視，也沒說話，只是把姨婆帶來的金項鍊、玉手鐲、鈔票，甚至左手上的六枚金戒指，全部放進紅色鐵盒。

「這樣不夠，我把店也給你。」青葉想多做什麼，替李花度過這次難關。一想到又是李國興惹的禍，忍不住怨嘆。

「毋通啦，『侯家在』是咱的命，沒了就什麼都沒了。」李花把青葉放進盒子的那張紙又拿出來。

「李花，九百萬，不是小數目。我們包檳榔幾十年，才還清侯阿年的賭債，才能買一間小店繼續賺。你看看你的手，還能包多久檳榔？還是，你要叫家興也跟你一起包檳榔？」青葉一邊說，一邊指向房門。李花不情願的眼神順著手勢望去，發現家興那張稚嫩無辜的臉，正望著他們倆。

「叫你睡覺不睡覺。」阿嬤沒有罵他，只是走來關上門。家興躲在門後，聽見阿嬤說：「阿葉，我不甘願啦！」那哭聲，很快就被歌廳秀的笑聲淹沒。

後來三天，阿嬤獨自帶著家興上學、開店，等家興放學、關店。因為沒有檳榔西施、又減少開店時間，生意明顯變差，阿嬤也睡得很少。但是這幾天，就是沒見到侯姨婆的身影，也沒有任何李國興的消息。

這天，真的冷到家興。已經十二月，秋老虎也要冬眠，免得被冬將軍獵殺。家興穿著長袖長褲，放學還是打噴嚏回到檳榔店。以為能躲進「侯家在」躲避秋老虎，也一樣能躲避冬將軍，沒想到砸碎的玻璃窗清除後，也沒裝上新的。和清不乾淨的紅漆不同，檳榔店冷冷清清、悽悽慘慘戚戚，連一口汽水都嫌冷冰。

「阿嬤，帶我去喝巷子口的當歸湯好不好？」抱著自己的雙臂，家興對「檳榔神壇」前呆立的阿嬤說。

「啊，好啊。」阿嬤好像結凍，等著這句話等到頭髮發白。一聽到家興說話，只說好，右手抓起錢包、左手握著檳榔，就要出發。

「阿嬤，你怎麼會拿著檳榔去吃飯？」家興抓起店裡的打火機取暖，手指護火很近，完全不怕燒傷。

「這粒檳榔無同，伊是姨婆交給我的，尬燒起來同款。」李花沒手牽家興，緊緊握著那顆檳榔，一直觀望遠方。

「店咧？你不找人顧店喔？」家興知道，阿嬤在等姨婆，而姨婆最重要的，就是這間檳榔店。

「無啦，攏無啦。最重要的已經不在這了。」

當家興心滿意足喝完當歸四神湯，身體又暖起來像無敵鐵金剛，才發現自己把書包忘在檳榔店，求阿嬤再陪他回去一趟。這一趟，發現那個紅色鐵盒，竟悄悄地出現在「檳榔神壇」上。

姨婆回來了？家興和阿嬤前前後後找遍檳榔店，十坪大的店，哪裡藏得住高調幽默的姨婆？但偏偏就是不見人影，只有眼前那個眼熟的鐵盒，散發一股不屬於檳榔的味道。

「阿嬤，這盒子，有一種怪怪的味道。」

「這盒子哪裡會有味道？平常都拿來放錢跟黃金……」阿嬤撥開鐵盒，一股強烈臭味衝出。家興心裡感謝沒窗的現在，臭味一下子就散開。可是阿嬤站在檳榔神壇前，好像沒聞到臭味，動也不動。裡面真的有黃金嗎？他湊到阿嬤身邊。

家興往盒子一瞧，哪裡有黃金，只有一隻手，每隻手指都有戒痕，一共六隻手指。那隻灰白的左手，就是這股臭味的源頭。

阿嬤沒有哭，也沒有叫，沒有像電視裡面的女人驚慌失措。他拿起鐵盒裡的一張紙，上面沾著發黑的血水：還有七百萬。報警，下個就是小的。為了不讓家興看見，阿嬤把紙揉成一團，緊握在右手。

家興看著手，大概知道姨婆不會再回來。是啊，他的願望成真，他最恨的李國興從這個世界消失，代價是他最愛的侯侯姨婆也從這世界消失。原來實現願望，是這麼空虛的一件事嗎？

家興看向阿嬤，不知何時，兩行清淚滑過他臉上新生的老人斑。李家興，你是一個大人，你要照顧阿嬤。他決定開口劃破惡臭的寧靜。

「阿嬤，我會照顧你。」

聽到家興這麼說，阿嬤鬆開右手的紙團跟左手的檳榔，放聲大哭。

第五章

王家恩那個彪形宅男，鉅細靡遺地用第一人稱，訴說他怎樣被迫接受命運，大多是和案情無關緊要的事情。例如：來台北讀書、想要出櫃，卻跟不上同志潮流；私立大學中文系畢業，沒有一技之長、找不到工作；母親敕令他回苗栗接下工廠，父親卻說能做到經濟獨立再說。最後應徵上保險業務，遇到慷慨熱情的李家興，便毅然決然留在台北繼續打拼。

好不容易說到主角李家興，外頭居然已經天色昏暗。他喋喋不休的渺小史詩，竟然耗費我寶貴的六小時。六小時，我可以跑多少現場、寫多少新聞？好像也沒有想像中那麼多。另外又想起總經理提到的加薪，一切變得雲淡風輕。

那次見面之後，我竟然再也約不到王家恩。不論是名片上的手機號碼、電子信箱，還是食品工廠的電話，他果斷拒絕任何聯繫就像人間蒸發。如果不是開庭見到他以證人身分出席，我真的會當他英年早逝。

李家興的案子，以傷害致死罪起訴。然而，這麼一個性虐親生女兒致死的案件，卻表現得太安靜了。

旁聽審議的人數屈指可數，兇嫌的前妻、被害者的母親曾婉馨，因為精神耗弱，已經無法正常出庭作證。李家興坐在被告的位置上喃喃自語，甚至幾度擾亂公設辯護人。公設辯護人不但沒有積極辯護，他的肢體甚至刻意遠離李家興，眼神更不經意透漏一絲鄙夷。真是可悲，一個人到底要怎樣才會喪盡天良、人神共憤，卻又被世人遺棄、不聞不問。

「精神衛生」是這幾年來特別重視的話題，嗎？被告這麼明顯精神異常的情況，沒被公設辯護人強調，反而成為檢察官酌量減免刑期的理由。李家興肯定做出對不起律師的事情，才會被這樣對待。

曾婉馨無法出庭、王家恩取而代之。他一站上證人席，就遭受李家興不堪入耳的咒罵。他肯定不知道王家恩深深地愛他，但是愛有什麼用？在法庭上，愛不能變成偽證，更不能替另一個人承擔罪孽。幾次開庭後，法官很快就定罪，並加重刑期為無期徒刑。最後一場宣判，李家興異常地冷靜和沉默。

李家興確定入獄服刑後，我聯絡公設辯護人，只見過一面，得到一句：「我已經盡力，相信這是最好的安排。」之後以未經授權為理由，果斷拒絕我所有採訪。

另一方面，嘗試到看守所採訪李家興本人，卻遇到層出不窮的虐童案件。素未謀面的網友們，義憤添膺包圍派出所，似乎是黑道出身的網路直播主發起。所有社會線記者都在跑這個案件——文化流氓追蹤黑道流氓包圍白牌流氓，那畫面詭譎壯觀，我不敢看我站在哪個位置上。也因為如此，我毫無機會抽身到看守所採訪李家興。

過於安靜的李家興案，隨即湮沒在花蓮強震、棄屍港女、水泥封屍等等，一件比一件還要怵目驚心的社會案件中，被新聞鬣狗一樣的我忽略一年。看著總經理開始暗示，我只好在毫無其他事實基礎的茫然中，昧著良心寫下專案報導《有毒的成功夢》。

＊＊＊

有毒的成功夢：失敗者的家庭現場

怙恃俱失、中年失業、妻離子散……李家興的阿嬤聲淚俱下：要是孫子小時候沒有被母親拋棄，是不是就不會做傻事？

特別撰稿：錢乾乾　二〇一八 台北

二〇一七年七月，一個窮途末路的父親，將自己的掌上明珠帶入絕路。將近一年後的今日，台灣發生家庭暴力的事件，仍然層出不窮。儘管從二〇〇二年公布《兩性工作平等法》、二〇〇四年公布《性別平等教育法》，性別教育實施十多年來，台灣已經從名為「父權」的噩夢中醒來了嗎？還是一再明知故犯？

為此，北辰日報針對二〇一七年在台北發生的「萬應公廟殺女案」，走訪兇嫌李家興的祖母、親友，爬梳判決書及家庭關係，希望從「鬼父」的刻板印象中，找出李家興的真實面貌。希望在「他為什麼變成變態殺女兇手」這個錯綜複雜的難題中，找出一點點確切的答案。

走在萬華街頭，群聚在艋舺公園的街友們，人手一杯飲料杯，裡面裝的不是飲料，是檳榔渣。時不時有人吆喝招集粗工、扛轎，或賭博，這個底層生活充滿男子氣魄的環境，是李家興成長的家鄉。

經過一家又一家小吃攤，眼見一座又一座宮廟，穿梭在神明與願望之間，一個飽經風霜的老婦人，正在巷口的攤位默默切檳榔。經過他指尖的每一顆檳榔，就是撫養李家興長大的一顆顆黃金。

說到他的孫子，李阿嬤立刻淚流滿面，細數著孫子過去多麼乖巧懂事：「當我歷經最慘最慘的時候，是伊跟我說：『阿嬤，我會照顧你。』你說說看，這麼好的這款人，怎麼可能會殺死自己的女兒？」

李阿嬤緊緊握著一顆檳榔……

＊＊＊

「小錢，我問你，你是哪個大學畢業的？」孫總辦公室坐的電腦椅，看起來很眼熟，我在三創園區試坐過，非常舒服，但價格讓人下不了手。對於跑社會線的小記者來說，實用度也不高。

「孫總，請問怎麼了嗎？」對於他明知故問的攻勢，我決定採取菜鳥裝傻的防守。雖然嚴格說來，我早就不是菜鳥。

「你的傳播社會學，是大曾麻糬開的，還是海老名開的？」孫總說出熟悉的暱稱，那是只有共同語境的人才能理解的。換句話說：他是我的大學學長！

「學長……不是，總經理，我們的那時候的傳播社會學，是郭夫人開的。」既然都驗明正身，那也無法虛應過去。

「這樣啊，郭夫人上課有特別說什麼嗎？」孫總深陷在他的電競椅上，椅子裝飾的急速感，和現在凝重的氣氛越來越違和。

「他推薦我們看張娟芬寫的《殺戮的艱難》，他說很值得一看，但是希望我們不要變成張娟芬。」也不知道為什麼，張娟芬這三個字，在我耳裡，卻變成另一組字音。

＊＊＊

「同學，注意一下，把睡覺的叫起來。」郭夫人瘦骨如柴的指節敲在講桌上特別響亮，「有人看過這本書嗎？」做在教室最前端的一個女生，立刻舉起手。她清秀的側臉，從此烙印我大學四年生涯。

「這麼少啊？居然只有一個人，你們書看得太少了吧？」郭夫人揮揮手，示意女生把手放下。

「老師，這本書才剛出版，博客來都還在缺貨。」推甄入學的學霸班代有些不服氣。

「網路上沒有，去書店買啊。你們這群網路世代，每天都要『非死不可』。真正的寶庫在圖書館跟書店，在你們的腳下。網路不會幫你們跑新聞啊，主播們。」郭夫這話，說對一半。誰都沒料到，未來只要拿起手機，網路自動把新聞奉上。國外甚至訓練 AI 當記者。「你，名字？」

「詹淨芳。乾淨的淨，芬芳的芳。」

郭夫人點點頭，說一句期末加五分，便開始授課兼佈道。她大肆讚揚《殺戮的艱難》，說作者十分勇敢挑戰廢死議題、身體力行的田野調查、開誠布公表達立場云云。佈道大會如此醍醐灌頂，連我都開始心生嚮往，本以為郭夫人要我們以張娟芬作為新聞界的至高標準，沒想到她話鋒一轉，語重心長地說：「我希望你們，千萬不要變成張娟芬。」接著宣布下課。當時同學們不放心上，樂得多出十分鐘去吃學餐，也沒有人追問郭夫人最後那句話的本意。

我擠過面生的同學們，努力從教室最後排擠到最前面的搖滾區，想看清楚那個名叫詹淨芳的女生。她的個子不高，內雙眼皮、濃眉，烏黑的直髮束成俐落的馬尾。

「嗨，你好。」我鼓起勇氣開口：「那個，我可以跟你借本書嗎？《殺戮的艱難》。」

「你是？」她的眼神戒備，我真後悔今天穿球衣球褲就來上課。「你是跟我同班的嗎？」

「對。忘記自我介紹，我叫錢乾乾。」果不其然，她聽到全名後愣住，「我姓金錢的錢，名字是疊字，乾坤的乾。我是台北的高中畢業，妳呢？」

「不重要。你要書，其實可以去圖書館借，新進館藏書架上都有。不然跟郭老師借也可以。」她逕自收拾，不打算理睬我。

看著她的動作，我突然覺得急迫，像是一個倒數計時器壓在我頭頂，如果現在不做出正確的選擇，立刻就會Game Over。

「郭老師說，千萬不要變成張娟芬。」她揹起背包，看著我沒動作，似乎在等下一句，「可是你，看起來就像小張娟芬。」

「喔？那你知道張娟芬是誰嗎？」

「一個用功努力的人權鬥士？」像是被看穿我胸無點墨，我先自行宣布投降：「好吧，其實我不知道。」

「天啊，你是為了什麼進傳播系啊？」眼前小個子大大翻個白眼，繞過我想停止這令她不悅的對話。其實她這問句也開始令我不悅。

「為了我爸，一個跑社會新聞掛掉的記者，這樣可以嗎？」這口氣，真是可忍孰不可忍。

「你以為只有你爸是因為新聞死掉的嗎？」小個子慢慢轉過身來，眼眶發紅，「如果可以讓人不會被新聞弄死，我想要變成張娟芬。而你，只是缺乏父愛的可憐蟲。」

那一刻，我久久說不出話，只記得她的烏黑馬尾、她的 JanSport 湖水藍背包、教室酒紅色的鐵門、仿木的咖啡色課桌椅、她的藏青色長裙。

＊＊＊

「不要變成張娟芬？真是有趣。」孫總從電競椅上彈坐起，雙肘靠在桌面，沒有起身的意思，「這個李家興……不，李家興是很常見的名字，他的背景，看起來很像是我學弟，也可能是你學長。你要不回學校問問老師？」

「好、好的。」被認出同校同系畢業，雖然不可恥，卻有一種被抓住小辮子的感覺，左右為難，「那我這篇文章需要修改嗎？還是注意什麼？」

「小錢，我知道，你跑社會新聞很忙又很累，所以我跟你說過慢慢寫。你資歷淺、事情多，不可能一下就變成大記者。不過，還是得學會跟別人搏感情，對寫新聞很有幫助。明天青年會在百貨公司樓上餐廳，有幹部交接儀式。晚上六點入場，你跟我去一趟看看。」孫總在桌上翻找邀請函遞給我，通常這機會，全被政治線獨佔。我這算是因禍得福嗎？「還有，我大學的時候，有聽過曾婉馨的傳聞，某大企業家的私生女之類的。這個你也去打聽一下，可以寫成另外一篇故事。」

故事？其實孫總真正想要的，是故事？

坐回位置趕出今天的稿，孫總說的好像哪裡不對勁，但是眼前太多消息，和面前那張青年會邀請函，又將我拉回現在。這種拉攏媒體的公關消息不曾少過，記者們通常都是拿著單位發來的傳真或公關信去現場，意思意思拍張照片，收下對方寫好的新聞稿和伴手禮，修改一下就搞定一篇新聞。

跑政治線的記者交情廣闊，優先享有這個資格，遇到過年前各路公家機關或大企業尾牙，政治線超載時，再來是財經線，最後才是其他組別撿菜尾。

孫總這張邀請函，代表他不是以媒體人出席，而是以青年會成員出席。我突然有種喜酒上、遠房親戚坐在主桌的尷尬感。如果能選擇，還是記者桌比較適合我。大家都笑記者是「文化流氓」，不知道是看不起「文化」，還是看不起「流氓」。我們這群「流氓」很講情義的，有消息同享、有業務同當。公關飯局雖然都是政治線的，至少伴手禮是大家的。私吞的人要請大家吃消夜。

這張邀請函，不用請大家吃消夜。它不是公關傳真，也不是 email 媒體邀請。它屬於貴賓私人行程，它屬於我。捧著這張邀請函，感覺到擁有特權的快樂，竟然這麼樸實無華。別人來一封信請你去吃飯，不用寫稿說好話，不用任何違心之論的代價。好想大聲炫耀，如果不是因為這是和孫總密約才能得到，我現在就想跟總編輯炫耀，揶揄他平常對我的照顧。

說到總編輯，我急忙確認出勤版……嗯，明天沒有任何出席青年會的活動，他們沒有發信過來嗎？

＊＊＊

今天早早寫完新聞稿，準備出席宴會讓我過分亢奮，馬不停蹄寫出四、五篇新聞稿，本以為寫太多質不精，沒想到陳主任一聲不吭就發給網路部門。今天真是太幸運了！

六點時出現在宴會廳門口，拿著邀請函看著排場——整層三個宴會廳完全包下，主廳還配有舞台、燈光跟攝影組。這不說，還以為是全台首富的企業尾牙——眾多人潮流來流去，我不敢貿然動作。直到六點半，孫總才改平時 POLO 衫，穿著正式西裝出現：「小錢，你怎麼還站在門口？」

「我沒拿過這麼大場合的邀請函，怕進去會找不到位置。」我拿出邀請函，假裝怕生，實際上想要藉機讓孫總帶我進入政商名流。

「原來邀請函在你這裡啊，難怪我都找不到。」孫總自顧自地從我手上抽走邀請函，「記者席在主要舞台旁邊啊，你看。」

「總經理，這邀請函，不是給我的啊？」看他抽走邀請函，我的心涼了一截。

孫總聽到我問，哈哈大笑說：「這是青年會成員專屬啊，年費你繳不起的！我先進去，你跟公關報我的名，他們會帶你去記者席。」

腦海裡突然浮起，當初和孫總密約，準備接下專案時，孫總從我手中抽走我夢寐以求的 iPhone6S+ 香檳金，雖然現在他早就換成 iPhoneX+，傳說中的「下一顆腎」。也有同事開玩笑，說是「屬下的一顆腎」。

坐進記者席，這是一個奇妙的生態圈：某廣播電台老前輩，像是宴會主人接待大家，來者不論新人還是老馬，都熱情招呼，要大家互相交換名片、有新聞互相分享。有幾個熱絡像是同公司，結果是不同報社跟電視台。

新聞讀者常誤以為，傳統報社跟廣播電台已經是風中殘燭。吃這行飯以前，我也曾這麼天真。其實薑還是老的辣，那些戲台下站久的老記者，本身就是一種超越傳統的品牌。物流一應俱全、人脈一呼百應，說是新聞角頭也不為過。我雖然在這群政治線老馬群中，是滿身菜味的新人，也能一眼看出那熱情的功成電台趙哥，絕對就是最辣的那根薑。

「小錢啊，你們家的巧如怎麼沒來，我本來還帶老婆抓的四物要送他，還是他忙著帶小孩？好辛苦啊⋯⋯」趙哥連珠似炮的話語，幾乎不讓人回，「這你幫我轉交給巧如，你們社會線的記者，一定也很拚。下次我拿幾瓶藥酒給你，合法的，不用怕。

你有開車嗎？開車不喝酒喔，不要自己跑社會新聞，結果自己上社會新聞……」

剛結束孫總的權勢愚耍，現在又要面對趙哥的疲勞轟炸，早上高效產出的我被新聞之神眷顧，現在則被拋回修羅場，接受更多挑戰。

青年會的幹部交接儀式正式開始，這才停下趙哥的巧舌機關槍。螢幕上身形嬌小的司儀，深吸一口氣：「典禮開始。」

典禮音樂穿過會場喇叭刺破我的聽力，也刺不穿我的震驚——那聲音我太熟悉，每個相似的可能，都會讓我的靈魂窒息——那是詹淨芳的聲音。

肥美佳餚一道一道上桌，剛加入的政治線群組一則一則來訊，我腿毛直豎坐定原位，拿起筷子夾菜，都輸給隔壁有孫子的陸大姊。飯我還是吃了，畢竟機會難得，要好好把握；相片我也拍了，畢竟是工作。但趙哥攔下我：「青年會都請人來拍，省點力，多吃飯。」我的表現，司儀看得到嗎？先走吧？還是吃飯呢？你好嗎？你看我的記者證，你的呢？還是你看我的優柔寡斷，是我這生致命的破綻？

儀式落幕，宴會也隨之結束。新上任的青年會會長，就像新婚夫妻一樣，來記者席輪番敬酒。陸大姊盡興搜刮餐桌上的剩菜，趙哥喝下不少酒，話少了但音量更大。

會長將禮盒交到每一位記者手上，再由一旁笑臉盈盈的司儀交付公關稿後引導離開。最後一個記者是我，當司儀將稿件交給我之際，那笑臉僵直地像卡通貼紙。

「謝謝貴司百忙之中抽空……」

「新會長都走掉了，你還要跟我客套嗎？」慶幸自己穿得還算得體，誰也沒料想到的久別重逢，「青年會公關部詹淨芳。」

「你怎麼會在這，我以為你跑社會線。」收起貼紙般的笑容，她的臭臉可愛到像是分手當天。

「怎麼樣，社會線記者就不能來嗎？」我拿起公關稿瀏覽一遍，「這是你寫的？」內心跑過太多年的練習，終於可以說出這句台詞。

「請問有什麼問題？典禮已經結束，有問題歡迎來信，其他的再說，早點滾回家。」她故作專業的敬禮完，轉身就走。

＊＊＊

兩個小時後，詹淨芳肆無忌憚地在酒吧豪飲，而我默默掏出錢包。可惡，明明她的收入比我高，酒量也比我好，怎麼又是我付錢啊？

「喂，小餅乾，你完成你的夢想了嗎？」詹淨芳點了一大管黑啤酒。

「一直換，好不容易，現在這份工作快兩年囉。不知道還能做多久。」我嘗試從酒管中倒出一小杯。

「現在獨立記者這麼多，幹嘛一定要看臉色吃飯？」她喝一杯接一杯，打一個跟嬌小形象相反的大嗝。

「大怪獸，你打嗝還是一樣恐怖。」我擺一張醜臉，她哈哈大笑，「你呢？幹嘛不做新聞？」

「你說對了！做新聞！現在新聞都是用做的！Made in Taiwan！Taiwan No.1！」她高舉酒杯，整個酒吧的眼光都瞟過來。

不跟她起鬨，我喝完手中黑啤酒，覺得苦盡甘來。看她大口喝酒，我忍不住問：「妳是不是逃走了？像逃開我一樣？」

「小餅乾，我們說好不提……」

「我們根本什麼都沒說好，詹淨芳，我們甚至沒說好分手。」我打斷她，才有可能得到我想要的答案。不論新聞，還是我們。

「對一無所知的事情窮追不捨，是會要命的。」她又為自己裝滿一大杯黑啤，像維尼緊抱蜂蜜，「我曾經以為你很有魅力，但你只是讓我感到無力。你知道嗎？我因為做新聞死過一次了。」

「為什麼……」

「求你不要問，拜託了。」她打斷我，我們沉默以對，眼睜睜看著隔壁桌的玉米片上起司冷卻。

「大怪獸，我們一起吃一碗玉米片好不好？」

「我全都要。」不愧是大怪獸，我們笑了。

說她全都要，吃到一半就飽，剩下都是我一邊吃，一邊聽她短暫的記者生涯：性騷擾、假新聞、性騷擾、假新聞，中間跳過兩年，接著進入青年會。還是有性騷擾，至少次數少很多，薪水多很多，人生順很多。我明白不去追問那兩年，是我現在僅能給她的，最友善的溫柔。

「小餅乾，看到你跑新聞，其實我又高興又羨慕。你還記得我們第一次見面嗎？」

不知道睏還是倦，她趴在桌上，「我剛上大學的時候在想：要做痛苦的先知，還是快樂的豬？結果讀那麼多書、做那麼多努力，最後變成痛苦的豬。別人在我這個年紀，有家庭、有事業，甚至有小孩。可是我，只有房租跟學貸。」

我們預約 UBer 先送她回家，這是她答應跟我約會的條件。她喝下不少酒，卻努力保持清醒、不停盯著車窗外，非常警戒。

「你還好嗎？現在跟朋友一起住嗎？」我試圖說些話讓她放鬆。

「你怎麼知道我有室友？」她看向我，眼神緊張。

「妳以前大學時候都跟朋友住，我以為妳現在還是一樣。」被她的眼神嚇了一大跳，好像我是殺人兇手。

「我跟我女友一起住。」詹淨芳垂下雙肩，整個人鬆一口氣。

知道舊情無法復燃，我心裡惋惜，又如釋重負道：「恭喜妳，快要可以結婚了。」

「謝謝你送我回家，還有不追究那些事。」她堅持路口下車，不告訴任何詳細地點，「錢乾乾，你要替我努力，要變成厲害的記者喔。」

「再見了，大怪獸。」

＊＊＊

出門前，例行向父親的遺像報備：「爸，我會成為一個厲害的記者，對吧？」今天預訂回訪母校，我決定重新深入調查李家興這件案子。

回到熟悉的環境，系上確實找到李家興和曾婉馨的就讀紀錄，巧合的是，郭夫人曾經當過他們的班導師。事先查詢郭夫人的空堂時間，站在教授研究室前，花草茶香不出所料地撲鼻而來。

「小餅乾，好久不見，最近過得好嗎？」郭夫人維持一貫的優雅，塞滿書籍的研究室一隅，還能設置兩人座茶席。

「沒想到老師還記得我的小名，我受寵若驚。」拿出名片雙手奉上，有種不辱師恩的自豪。

「社會記者，不錯啊。你先坐，等茶泡好再來問我。」郭夫人游刃有餘的態度，好像已經知道我的來意，「對了，孫諒道是不是跟你同一家？」

「是，他是公司總經理，我最近才知道他是我學長。」說起孫總，總讓人侷促不安，不禁補上一句：「他很照顧我。」

郭夫人點點頭，看向透明玻璃茶壺，壺裡茶包溢出濃色蜷曲的流勢，漫漫消散壺中。壺的茶色件件由淡轉濃，看似不變卻瞬息萬變，讓人目不轉睛。

「不覺得新聞跟茶很像嗎？」郭夫人邊沏茶邊問。

「老師的意思是，我們從新聞中獲得的，跟事件的原貌，已經截然不同嗎？」這是郭夫人上課經常引用的比喻。也因為他說話太過浪漫，讓很多同學說他根本是文學博士，而不是傳播學博士。

「看來你還沒把學的全部還給我嘛，很好很好。你的明日葉。」郭夫人單手遞過茶托，纖細的指尖微微發抖，更顯得瘦骨嶙峋。

「謝謝老師。」我急忙接過，淺嘗一口，苦味突刺口腔。礙於面子沒有立刻吐出，只好吞下。結果把舌頭和上顎都燙麻了。

「你沒吐出來，比孫諒道好多，至少有禮貌。那小子以前雄心壯志說要做總編輯，想不到不跑新聞改跑應酬，變成總經理。到底是吃不了苦，還是吃得了苦呢？」郭夫人輕描淡寫地喝下明日葉，「苦嘛，吃多總會回甘。」

「老師，其實我今天來，是想問你事情。」被老師戲耍，我終於拿出我的厚臉皮來做正經事，「你記得李家興跟曾婉馨這兩個學生嗎？你曾經當過他們的帶班導師，民國八十八年的時候。」

「現在民國幾年啊？」他再給自己倒了一杯。

「西元二〇一八年，大概……民國一百零七年吧？」對於年曆換算，我也不太習慣。

「哇，三十年前的事，你還沒出生吧？」

「老師，我民國八十一年生。還有，這是二十年前的事。」

「李家興和曾婉馨啊，前陣子才有人來問呢。小餅乾，你動作慢人家好幾步喔。」郭夫人從他書桌上翻找名片給我，明日新聞。上面的名字特別令人發火——招仁邑，外號叫「大嘴巴」。

「那老師有說什麼嗎？或是有什麼要跟我說的嗎？」不辱師恩的自豪突然敗下陣來，我放棄記者的身分，重回學生的角色。

「你這個問題不專業喔。」老師繼續慢條斯理地喝茶，緩緩說道：「我只記得李家興常常翹課打工，家裡欠錢的樣子。還有風聲說曾婉馨是私生女，我裝作正氣凜然，要大家當個自律的媒體人，才能壓制一群躁動的猴子。我當初還以為，曾婉馨畢業以後，會進入電視台當主播呢，沒想到竟然和李家興結婚。後來的事情我聽說了，真是一場悲劇。不過我知道的，也就這麼多了。你的報導可不要寫我，免得又有人打斷我的下午茶時間。」

「對不起。」一想到我就是打斷下午茶時間的人，連忙道歉。

「別說對不起，好久沒跟你聊聊，看你過得好也很好。對了，你跟詹淨芳還在交往嗎？」

「沒有，我們分手了。」我據實以告，心裡不再糾葛。

「真是可惜。想說如果你結婚了，記得發喜帖給老師。你啊，可是老師們眼中的優秀學生呢。」郭夫人淡淡地。

「真的嗎？」我不加思索：「老師又在開我玩笑了。」

「是不是開玩笑，就要看你表現了。」郭夫人起身收拾茶席，一副慢走不送的神情。

我識相起身準備離去，又回過身來忍不住問：「老師，你為什麼說『不要變成張娟芬』？」

「我有說過嗎？」他的神情訝異，不亞於聽到這答案的我。

「我大一的傳播社會學，那時候《殺戮的艱難》剛出版，你在課堂上大力推薦，然後突然說希望我們不要變成張娟芬。」

「真的呀？大概是我想逼你們這群不讀書的小猴子趕快讀書，隨便說說的激將法吧？」他說得一派輕鬆，這很像他的作風。

「老師，這太隨便了吧？」長年糾結心頭的問題，原來只是一段猴耍。

「後來你不是讀了嗎？跟詹淨芳一起。」郭夫人慧黠地眨眨眼，真受不了這愛捉弄人的貴婦。

＊＊＊

出發前往苗栗之前，我已經打過十多通電話，三通工作手機、三通私人手機、三通公司市話，三通家用市話。最後一通，王家恩接起我從家用市話打去的電話：「你好。」

「我是小錢，王老闆，你記得我嗎？」不敢自報家門，怕身分一曝光，機會就會消失。

「誰？不好意思，你是不是打錯電話？」

我唸出他的手機號碼：「這你的電話沒錯吧？」

「我是，請問你哪裡找？」

「我是北辰日報記者錢乾乾……」果不其然，被掛斷了。

按照名片上的地址，我來到食品加工廠。本以為王家恩這個年紀輕輕的業務，應該無法經營工廠。沒想到門面壯闊，看起來挺有一回事。真搞不懂先前看到他邋遢的那一面是怎麼回事？

「你好，我想找你們的廠長，王家恩先生。」我對門口警衛打招呼，他體格豐滿，根本是自家產品代言人。

「你哪來的？有預約嗎？我打電話問一下秘書。」他把訪客登記簿丟給我，示意我填寫。出於職業敏銳，我快速翻閱登記簿，沒有看到任何同行，但還是找到熟悉的名字：拖磨 tomorrow 酒吧經理，招仁邑。「今天廠長沒來，先生，還是你有事要轉達？」

「我有事情想要當面請教，不然，王先生平常什麼時候才會來呢？」我把我的名片跟五百元交給警衛。這種招數屢試不爽。

「這樣喔，他沒有在來工廠的啦，平常都待在台北。你如果有他名片，直接打電話給他比較快。」警衛默契的收下錢，倒是令我非常意外。

為了不想白跑這一趟，我勉強買下一包家庭號餅乾，欺騙自己是來觀光工廠。餅乾包裝上的形象圖，總覺得眼熟……這不是青年會送給記者的伴手禮嗎？完全是同一家公司出品。所以，王家恩是青年會成員？而且孫總和李家興、曾婉馨、王家恩三人都有關係？

我被設局了嗎？

從苗栗回台北的途中，我查詢招仁邑的酒吧、明日新聞的網站和我手上的人脈。說來慚愧，我根本沒有和人交換協商的本錢，很多吃得開的記者搞到副業來養眼線，我還是只能在下班之後吃吃網路奶嘴。在社會線跟政治線的群組，根本沒有「明日新聞」這間，但是媒體網站卻有模有樣。它到底怎麼憑空出現？

回到台北後最重要的事，就是找出跟王家恩見面的方法。過去的經驗告訴我這件事並不容易，我連他以前工作的保險公司都打聽過，就是沒有辦法聯繫，除非……

萬應公廟。指示我見到王家恩的，就是萬應公廟的廟公。但是說真的，我真是寧可和招仁邑勾肩搭背，也不想再訪那間陰森的小廟，看那個讓人雞皮疙瘩的廟公。

招仁邑，或是萬應公？我拿出十元硬幣做選擇，頭像是萬應公，十元是招仁邑。第一次，頭像。第二次，還是頭像。不算，要三次才算。第三次，頭像。不，規矩是剛剛定的，還要兩次。第四次，十元。所以，老天也要我先去酒吧找大嘴巴，真是謝天謝地。

見面之前，我簡單調查這多年不見的同學：私立高中、私立大學資管系、紐澳語言學校。大多在外國讀語言學校的，都預備在當地進修，拿個學位過洋水回來，好找一份工作。招仁邑卻沒有，不知道是學習能力太差，還是其他原因。總之，有這種命的人再怎麼混，也能混得風生水起。不要作奸犯科，就是對社會最大貢獻。

那間跨夜的酒吧比我想像的還要熱鬧，三十坪大小座無虛席，懸掛巨型螢幕播放足球賽。不過，這裡沒有提供一管啤酒暢飲。

正當我走向吧檯，一個響亮的聲音震刺我的耳膜：「錢乾乾，你是錢乾乾對吧？好久不見了！」他沒有發錯字音，但他發出來的每一個音，都叫我顫抖，我分不出來那是害怕，還是憤怒。一個胖子叫住我，他的外表沒有太多改變。

「好久不見。」成長的意思，就是用敬語，取代內心的髒話。

「你怎麼會在這裡？你不是想要當記者跑新聞？」我想當記者這件事，從小到大都被我寫在作文上，所有跟我同班的同學必定知道。

「你才是，明日新聞的招仁邑，我記得你大學唸資管系吧？怎麼沒去當工程師？出來做人人喊打的記者？」既然直搗黃龍，我也不打算客氣，拿出他交給郭夫人的名片問：「你找郭曉明教授，有什麼事情嗎？」

「Why so serious？老同學坐下來聊嘛，要喝什麼都可以，這家店我的，不用客氣。」招仁邑熟練地倒一杯充滿泡沫的冰啤酒，「沖繩啤酒，不苦，試試看。」

被他連灌三杯啤酒之後，原先劍拔弩張的緊張一掃而空，由內而外通體舒暢。

「老同學，你是為了郭教授找我，還是有什麼事情，剛才臉色好差。說吧，你有什麼煩惱，我可以聽聽。」看招仁邑一臉誠懇的樣子，想起中學時候的衝突，其實也不了了之。他沒有真的霸凌我，或許我也不該這麼防備。我一五一十告訴他我正在追蹤一件社會案件，而他的名字，正巧出現在案件的人物關係裡。

「有一間酒吧，每天專心顧店就可以過好日子，為什麼想當記者，明日新聞又是什麼？」沖繩、比利時、德國，現在喝完第四杯，西班牙啤酒。這裡根本是啤酒聯合國。

「夢想啊，只有一個是不夠的。我開這家店很爽，但是覺得很空虛。後來認識一群媒體人，專門做大新聞，很有趣的。你下次來一定介紹給你認識。來，奶油啤酒。」做新聞嗎？又是一群做新聞的人嗎？

「那你告訴我，你為什麼要追李家興的案子？他不是結案了嗎？沒有狗血、沒有死刑、沒有觀眾的案子，你追他幹嘛？」趁著酒意，我把要問的一次問清楚。

「你知不知道曾婉馨是誰？記者大人。」招仁邑口氣誇張，隨後又鬼鬼祟祟在我耳邊低語：「天堂玻璃企業大亨，何永揚的小女兒。」他邊說，邊敲敲我手中的啤酒杯。

＊＊＊

2016.01.20《何永揚逝世　享壽86歲》記者：夏巧如

天堂玻璃集團創辦人何永揚，今日早上十時十分過世，享壽八十六歲。天堂玻璃集團全體員工聞此噩耗，都感到不捨和心痛。

天堂玻璃集團始於天堂玻璃工廠，由集團創辦人暨總裁何永揚於一九七〇年一月九日創立，烘窯投產至今，並於二〇〇〇年獲得全球玻璃工業金獎，自此成為國際玻璃工業翹楚。

何永揚於二〇〇一年設立財團法人天堂琉光基金會，長期投入偏鄉教育、文化獎助，並成立玻璃博物館，回饋社會。根據《財富自由》二〇一五年排名，何永揚身價約台幣八百億，全球排名第八百九十名。他曾於集團創立四十週年紀念大會上表示，企業經營將交棒給下一代，而目前大房長子何榮光與二房次子何榮耀，誰會上任成為新總裁，大家拭目以待。

＊＊＊

我開始三天兩頭往拖磨酒吧跑，認識明日新聞那群「媒體人」——他們沒有任何一人是媒體業出身，甚至畢業科系跟傳播媒體沒有直接關係。這個自媒體盛行的時代，如果他們合創一個Youtube團體，也許有些搞頭，說不定還能成為網紅。但是做新聞？想起詹淨芳那句：「現在新聞都是用做的。」話雖如此，但這個「明日新聞」並沒有做什麼荒唐事，至少他們只是抄抄別家新聞，算是普通的內容農場。

這群人非常願意跟我分享門路，我也因為「明日新聞」的人脈，找到地方派出所、區公所等地方的眼線。有了線人，消息來源更快，寫起新聞更省事。也是我開始喝酒喝到三更半夜才回家的原因。

「乾乾，你最近喝酒喝很兇，是不是失戀啊？」媽一向不太過問我的生活，平常有社區大學跟救國團的課程，退休生活非常充實。

「沒事啦，我只是跟大嘴巴吃吃喝喝而已。」中午十二點，我才剛起床、沖好澡，準備出門。

「大嘴巴，不是你國中同學嗎？看不出來你們這麼好。他還會欺負你嗎？」

「媽，別想太多，我已經不是小孩子了。」早就不是強出頭的年紀，這幾年我學會忍讓、交換跟妥協，都是為了變成大人。跟招仁邑杯釋前嫌，在工作領域開始如魚得水，感覺真的像是脫胎換骨，長成大人了！

不過，長成大人，也無法事事如意。對於李家興案相關人等，我還是一無所獲。交換而來的情報，只有王家恩是因為曾婉馨的關係，才得以接管工廠。現在工廠的人馬，都是何家的人馬，直接說是天堂玻璃企業底下的小公司也行。王家恩只需要坐享其成。簡言之，天堂玻璃買下王家恩這隻米蟲上天堂。

法庭紀錄已經知道曾婉馨閉門不出，就診身心科，但她是證人身分，並沒有深入的相關資訊。那王家恩呢？一隻上天堂的米蟲，平常會去哪裡？

我和明日新聞有諸多交流，但也不敢推心置腹。他們掌握許多企業大老的家庭秘史，比政論節目還要求真的態度，明顯超越一個媒體責任或權利。這群內容農場的農夫，私下另有所圖。因此，我根本不敢把王家恩給我的口述告訴他們。而且，我必須警告王家恩。但是，要去哪裡才能找到他？

一個假結婚的男同志，能去的地方太多。還是，到天堂玻璃上班的食品工廠老闆？不可能，招仁邑早就調查過，王家恩跟曾婉馨明面上都不在天堂玻璃企業裡。那麼我唯一能聯絡到王家恩的，只剩下苗栗的食品工廠，以及台北的萬應公廟。

我挑選一個好日子、端午節的中午，帶著行天宮的護身符，回訪這間不起眼的陰森小廟。天氣有些陰暗，該不會挑錯日子吧？至少農民曆上寫著「今日午時，良辰無忌」。我想我應該能夠全身而退。

廟公一樣蜷曲在供桌底下，這間一年多不見的灰暗小廟，掛上之前沒看過的紅色布條，端正四字「萬應公廟」。站在香爐十步之遠，稀少的香火並沒有薰得我烏煙瘴氣，我卻止步不前、冷汗直流——不，是下雨了。

拿起雨傘要撐，廟公看見我，立刻從桌子底下鑽出，朝我飛奔大喊：「別開傘，快走，你不該來！」

按鈕已下，傘面撐開，一陣一陣煙霧從眼前湧上，很快就看不見紅布條、看不見香爐、看不見人影。我「掉」進迷霧中，又濕又冷，雙腳撐不住，只好蹲下。剛才，只有廟公和我兩人。現在，卻有很多腳步從我身邊走過。

一個模糊的人影靠近，我本能似想要後退，沒想到動彈不得。那人影直接撲向我，奪走我手中那把傘。

「陰日陰時出生，你根本不該來這。」迷霧突然被抽空消失，廟公把傘收攏，氣喘吁吁說道：「不是叫你別來。」

「我、我想找王家恩，你記得吧？就是那個高高壯壯、穿襯衫，那個萬應公要他告訴我一切的人。」不敢撐傘又想要躲雨，我往小廟走，卻被廟公推開。

「我不是有說過，廟公喜歡你，但不喜歡你的名字。你難道聽不懂嗎？」廟公沒有直接回答我，反而糾結名字的細節。「還有，你最近有劫難，最好不要靠近姓『招』的人。」

「這是萬應公說的嗎？」姓招的人非常少見，但我近期剛好遇見一個，而且也只認識一個。

「這是我說的。記者大人啊，算我求你，生死有命、富貴在天，去追一個你根本不知道的東西，會要命啊。」廟公怎樣都收不好傘，只好把傘交給我。

「我是一個記者，我的工作就是追求真相。不要玩你那些裝神弄鬼的魔術，我只想要知道王家恩在哪裡。難道這樣也會要命？」真是受夠來這鬼地方，被一身肉疙瘩的人戲耍。

「等你去找李家興的時候，你自然就會遇到王家恩。在這之前，不要輕舉妄動，不然只會招來不幸。」廟公突然拉拉身上的長袖，還拿出口罩戴上，好像知道他滿身的肉疙瘩讓人不舒服，盡量遮起來。

我拿出行天宮的護身符對他質問：「我是關聖帝君的契孫，為什麼想找一個人聊聊，會招來不幸？」

「正神只能保護走正道的人。你要走旁門左道，阿彌陀佛也救不了你。」廟公雙手敲頭，突然痛苦的喃喃：「我不能再說、我不能再說……」

廟公隨便揮手兩下要趕我走，轉身給萬應公廟上香，躲回供桌下方。眼前這人反覆無常，這廟大概也是招搖撞騙。但是剛才那陣迷霧，又該怎麼解釋呢？

全身溼透的我招一輛計程車回家。坐上車，司機從照後鏡厭惡地看向我，把四面車窗都打開，絲毫不在意雨水打進車內。他摀嘴問：「先生，你是什麼工作啊？」

「我是記者，現在要回家。」無數次被計程車司機問一樣的問題，我今天一無所獲，還淋成落湯雞，懶得說話。

「你今天是去命案現場，還是去黑心公司？不然怎麼會有死老鼠味？」我沒回他，只當他是鼻子壞死，畢竟他車內芳香劑和塑膠皮革味，也快把我熏死。

回到家裡，媽剛好在客廳看股市。她一見到我就掩鼻皺眉問我：「你掉到水溝啊？怎麼又濕又臭？」

「我只有淋濕，哪有發臭？」我脫下皮鞋進屋，以為是濕襪子的腳臭作怪，結果沒有聞到怪味。

媽一如往常催促我去浴室，摘下不少茉草跟芙蓉，千交代萬交代一定得用來泡澡。這應該是爸開始跑新聞以後，媽開始養成的習慣。不愛園藝的她，在陽台種滿抹草、艾草跟芙蓉，甚至在門口掛上八卦鏡。矯枉過正的樣子，反而有點像是神棍。

我抱著茉草跟芙蓉，坐進浴缸裡打開熱水，湮霧瀰漫，我想起中午那陣迷霧，開始渾身發寒。一直到熱水燙穿我的腳板，才能感到安心。離開浴室，聞到自己身上傳出的草味，想起畢業後第一次端午節上工，帶香包去跑新聞，被前輩笑說：「想用香包驅邪？太菜了。這行本身就是邪魔歪道啊！」

現在的我，有時候根本不用進公司，只要靠眼線跟老記者的群組，就能如期交稿。不過，李家興案我不想放棄，也不打算和人分享。「找李家興就會見到王家恩」這種神棍的話真的能信嗎？我又有其他選擇嗎？我準備告知組長要去看守所一趟，私人手機正好接到組長來電。

「靠么啊，錢乾乾，你人在哪？現在就去中正一分局，快點！」我一邊掛電話一邊轉身進浴室找尋工作手機，發現浴缸裡的青草，已經全部變成枯黃爛葉。

草原失蹤案件這條載浮載沉的不定時炸彈，終於在社會線爆裂。政治線的老記者們甚至開始鉅細靡遺轉述警方搜查的靈異現象……可惡，偏偏就在我跟王家恩只有一步之遙的時候……

＊＊＊

2018.06.18

「現在為您插播一則新聞：台北市華山藝文特區日前傳出失蹤案，家屬向警方報案協尋後，今天警方終於有重大突破。一名三十歲的高姓女子，在今年五月三十一日外出後失聯，警方掌握相關證據後，通知疑似涉案的陳姓男子到案說明。而今天上午，陳姓男子終於鬆口坦承犯下殺人案件。目前警方正在根據陳姓男子的口供上山搜尋高姓女子的遺體。更多詳細內容，請鎖定本台新聞。」

＊＊＊

除了天災，人禍一直都是媒體對觀眾的求偶禮。尤其越是弔詭，越有致命吸引力。華山草原案的詭譎，就像打磨完美的十克拉鑽戒。我敢說，這個案子肯定造成為期半年以上的蜜月期，它的殘酷跟狡詐，遠勝李家興案。想起不知道哪個老師曾經開玩笑說：「現在大家都不看小說，因為新聞比小說更精采。」那時一心想成為記者的我，深惡痛絕這種言論。

進入職場才知道，老師說的不假——媒體業臥虎藏龍，盡是一流通俗小說家。

本以為草原殺人案會是近期內最熱門的話題，至少相比李家興案，它驚世駭俗更多。沒想到兩週後，小燈泡案在高等法院二審出爐，兩年前的案子與此刻的草原殺人案聲量不分伯仲。對於李家興案乏人問津，只有心急。我坐在辦公室趕忙撰寫草原殺人案最新進度，彷彿能夠聽見小孩子在空地上歌唱：「一二三，三二一，一二三四五六七。我們是快樂的陳進興，殺人放火沒關係，強姦婦女最開心。

一二三，三二一……」我知道。我知道。我都知道。錢乾乾，你現在什麼感覺？

＊＊＊

「我現在感覺糟透了！」終於有機會，前往我真正該去的地方，拖磨酒吧。

「哇，不愧是社會線的王牌大記者，重大案子一發生，就一個多月不見人影。優秀，優秀。」招仁邑一邊說，一邊提起大聲公：「今天八七日，也是本店開張紀念日。誰要沒喝滿八十七杯，就要罰八千七百元！」

本以為他開玩笑，沒料到他真拿出上百個 shot 杯，一字排開，畫面壯觀。招仁邑繼續大喊：「當然，完成八十七杯殊死戰的冠軍，接下來一年，都由拖磨酒吧的店長我，免費招待。」

現場歡聲雷動，立刻抽先排出一張單淘汰賽程表，倆倆對決。雖然倒入 shot 杯有啤酒和果汁，也有不少琴酒跟威士忌，要一路喝到冠軍，至少要灌下三百多杯。真不知道我會先反胃嘔吐，還是膀胱炸裂。但現場氣勢高昂，我也沒有多想，只是喝，只是喝，只是喝……

「唉，這傢伙醉倒了。大嘴巴，怎麼處理？」

「不如……」

＊＊＊

下墜。下墜讓我知道自己在作夢。據說，每個人都曾經夢過墜落。那有人夢見自己變成球嗎？我掉進一顆暖黃色的球體，變成一顆……地球儀？有一群人伸手指我、戳我、抓我、撕我、打我，我想逃走，但是身上有經線和緯線綑綁，我動不了。我被一根軸心貫穿後，開始自轉。我覺得好暈、好暈。醒來，醒來，醒來，醒來，醒……

房間很陌生，有芳香劑的味道，還有一股熟悉的腥臭味，我看見自己趴在那裡，全裸，身上有很多發紅的痕跡、烏青的痕跡，還有一道紅色的暗流從我口中流出，旁邊還有一把紅色的美工刀。我聽見門外有腳步聲，是打掃阿姨。在他進來之前，我要穿上衣服。快醒來，醒來，醒……

「夭壽，怎麼還有人？先生，你快穿衣服，你……」張開眼皮，我頭痛欲裂。下床找衣服穿上，穿上身的時候，衣服都破破爛爛。舌頭上腥味消不掉。

不確定怎麼回到家，只確定我發生什麼事，還有媽不在家。把身上衣服全丟進垃圾桶，拔光一盆茉草、一盆芙蓉跟一盆艾草，小心抱穩坐進浴缸裡面，打開熱水。試著漱口，但是舌頭上的傷口，痛到讓人兩眼發昏。我忍不住把水吐到浴缸裡，血色慢慢淡紅，漸漸消散在水中，像極郭夫人那壺明日葉。

葉子靜靜跟著水面浮起，浮到我的胸口，低頭看下去，我的胸口正對著我，有一個又大又歪扭的「$」。

全身，全身上下都在痛，肛門腫痛、皮膚刺痛、舌頭裂痛、腦袋暈痛。但很奇怪，我的心不痛。端坐在浴缸裡，看著蓊鬱的茉草眨眼枯褐。我連眼窩都是痛的，沒碰到熱水的眼皮滾燙起來。

就這樣坐了半小時，浴缸的水溫轉涼，而我不斷嘶吼，喉嚨啞痛。為什麼是我？為什麼是我？為什麼是我？為什麼是我？為什麼？

浴缸上層的枯葉之間，有一張非常陌生的臉，不笑不怒，直盯我的雙眼：「你恨嗎？」

「我恨啊。」那句話，是我最後的記憶。

第六章

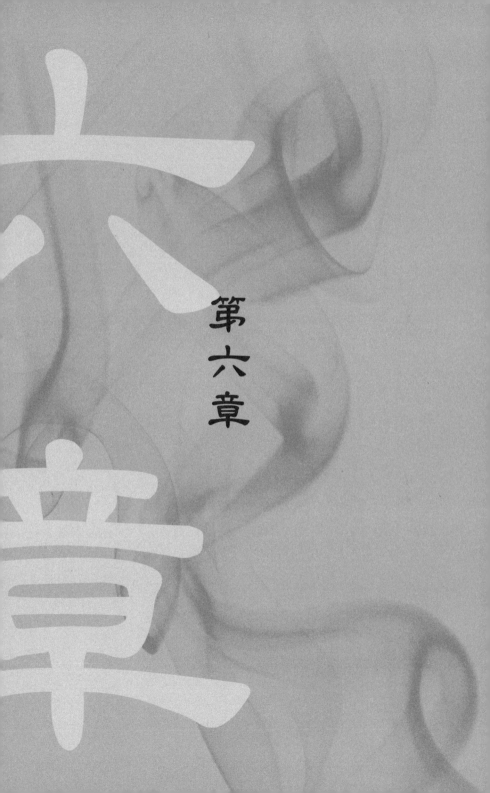

剛入場的時候，每一個人都正襟危坐，每張陌生的面孔，都被躁動不安的雀躍，同化成大學新生的模樣。所謂新生入學這件事，從六歲到十八歲，都是一個樣，怕錯。李家興雙手抱胸，盤算典禮的過程，也盤算著家中的負債，一臉苦大仇深。在他面前兩排的曾婉馨，謹記高中禮儀課所學，盡可能顯現端莊，才不會丟失家族的名聲。雖然她內心更期望，誰都不會發現她的家族背景。

「各位老師，各位大學新鮮人，大家早。我是校園大家長……」冗長無趣的典禮，正式從校長致詞開始。像是某種神奇咒語，當校長的聲波進入新生們的耳朵三分鐘之後，關閉悶騷的開關，讓每個新生們領悟——社交時間來了。

陌生的灰白面孔，彼此交頭接耳之後，變成紅潤的雙頰和有光的眼神。又或者像家興一樣，閉上眼睛拜訪周公。只有纖瘦白淨的婉馨，像一枝白玫瑰昂首在荒原上突兀，不發一語，也不睏倦。她正經過頭，行事公式像一台機器，富有超過十八歲的禮貌。異類，同班同學的歸納標籤，貼上她的名字、她的臉。

在半睡半醒之間，掌握身邊發聲的環境，是家興能夠順利高中畢業的訣竅。他掌握典禮的過程，也意外掌握同學的耳語。

「你看前面兩排、穿白上衣的那個女生。」「也太仙女了吧？她是誰啊？我們班的嗎？」「強維高中的，傳說入學第一名，叫做曾婉馨。」「強維，不是貴族學校嗎？怎麼會來這裡讀大學？」「也許成績不夠上台清交成吧？」「會不會是塞錢來的？」「唸強維，所以她爸很有錢囉？」「她爸是誰？」「難道是台灣首富郭台銘？」「哎，我新生健檢那天，故意去撞她胸部，結果撿到她的身分證。」「撞她幹嘛？」「看她正啊。」

別人好看就去撞，怎麼不去撞廣告看板？家興緊閉雙眼，壓抑住插話的念頭，繼續打盹。

「後來呢？要到電話？」「不是，是身分證背面，父親竟然是他！」「誰？」「別賣關子，快說。」「就他啊。」「誰啦，曾國城喔？」「怎麼可能？何永揚啦。」「屁啦！」

半信半疑的男生們發出躁動的噓聲，引來前後左右同學的側目。連力圖與世無爭的婉馨，都因為聽見那個名字而忍不住轉身張望……奇怪，坐在正後方兩排的那個位置，怎麼空著？

「你看，她看過來了。」「真的好正。」婉馨急忙回頭坐好。

＊＊＊

開學第一週，每個同學都想快速熟悉大學生活，多少有些戰戰兢兢。習慣選在教室後排的家興，掃視整間教室的時候，總感覺一種別於新生的乖巧。不過不要緊，下課之後打工不要遲到就好。

開學第一週，坐在教室最前端的婉馨，以為可以避免和同學四目交接的尷尬，卻沒料到背起整間教室的流言蜚語。此刻，婉馨懷念起「父不詳」的國小生活。雖然同學會私下笑她沒有爸爸，至少她還有年輕、美麗的媽媽，笑容可掬地參加她的家長會。曾婉馨敢用全名保證，曾真玉是她最漂亮也最心愛的媽媽。

就在準備上高中的那個暑假，春光滿面的媽媽收起笑容，在婉馨考完聯考而賴床的隔天，沉重地叫醒她，將平日不修邊幅的她，打扮成迪士尼卡通裡的公主一樣，搭上平常只敢看不敢摸的鮮黃色計程車，三個小時的車程，停在一處半山腰宅邸的大門前。

從那天開始，婉馨才知道，原來父母是可以從零開始加減。她突然有了一個爸爸，再加上一個媽媽。從那天之後，又減去曾真玉，只在她身分證上，留下計算過程。

開學第二週，婉馨背著整個班級，都能知道流言的走向。同學已經將婉馨和何永揚做出連結，也開始有人胡亂猜測，說她並不是何永揚的女兒，而是何永揚大兒子何榮光的女兒。三人可以成虎，讓曾參可以殺人。背對這些流言，到底該主動出擊，還是眼不見為淨？大媽媽何曾茵茵，教導她一切社交應對，就是沒教過她這個局面。也許大媽媽是故意要給她難堪，才堅持要她選擇這間大學，靠別人的嘴來羞辱她。大媽媽想做的事情，從來不用親自動手，總會有人幫她完成。

同學們似乎傳開話題，家興坐在教室後頭，打起精神振筆疾書，想努力理解教授說的話，都無暇顧及。父親是誰、財產多少，他難以想像怎麼有人這麼無聊，討論的不是自己的無聊人生，盡是別人家的私事。

「好，下課。」教授語畢，不少人書還放著，就出去尋覓午餐。下午班導師郭曉明副教授的課，採訪與寫作，也是同一間教室。

婉馨到附近學生餐廳買了一個便當，準備回教室慢慢食用。是不是學生太多的錯覺，好像有人正在跟蹤她。儘管如此，婉馨還是回到教室，故作優雅地吃完重油重鹹的便當。雖然膩口，味道比在家吃飯還要自由。自由的味道未必好受，才扔掉紙盒、擦乾嘴，一群同班男生圍上前。

「可以認識你嗎？」帶頭的男生笑出魚尾紋，是花花公子的面相。「我們四個跟你同班，想跟你交個朋友。」

「你叫什麼名字？」奇怪，交朋友前不是該自我介紹嗎？雖然全班六十四人的名字，在第一次導師時間，婉馨幾乎全背起來了。

「你是不會說『請』嗎？」跟班的小海子突然發狠，「千金大小姐了不起是不是？」一個人逞凶鬥狠，其他三人卻癡癡發笑。這一幕分明是預謀的劇本，想找她當主演。但婉馨毫無興趣。

「請問你們有什麼事嗎？」婉馨決定不回覆這群蒼蠅的挑釁。

「請，問你爸爸，是不是台灣富豪榜上的何永揚？」花花公子開口，果然這才是他們無聊透頂遊戲真正的目的。高中時期，每個同學的爸媽都是政商名流，才沒有人小題大作。私立高中和私立大學，怎麼等級差這麼多？

婉馨不想回答，目光搜索四周，教室裡除了包圍她的四個男生，還有一旁議論紛紛的三個女生，以及兩個趴著睡覺的同學。她記得他們每一個人的名字，因為婉馨早就料想，有一天，人們會成群結隊，她得要選邊站。只是沒料到，這一天，她就是其中一邊。

「別人問妳話都不回應，是裝耳聾還是啞巴？」兇神這次加碼拍桌。誰先親自動手，誰就是狗急跳牆，這是大媽媽的親口教誨。現在不能動手，但能做什麼？

「四個男生欺負一個女生，很好玩嗎？」教室後門走進一個男生，不熟悉的面孔，是副教授的助教嗎？「搭訕招數這麼爛，怎麼好意思混傳播系？」

「你誰？關你屁事？」花花公子被挑釁就破功，開始口吐惡臭。

「傳播系一年乙班，十一號李家興。」家興將課本用力扔在桌上，舊木桌椅發出悲鳴，把一旁午睡的同學也吵醒。「跟我的屁無關，只是教室有四隻蒼蠅亂飛，太吵。」

「都民國幾年了，還有人英雄救美。你是瓊瑤小說看太多嗎？」兇神想用嘴巴砲轟家興，試圖讓他羞愧。

「你也知道我英雄救美喔？四隻長得像容嬤嬤的癩蝦蟆。」

年輕人就是年輕人，太衝動了。這四人挑釁不成，反被家興挑釁。鑽過老舊桌椅衝上前，想抓住家興痛打一頓。但眼明手快的家興左閃右躲，不但安然無恙，還把四人戲耍於股掌之間。兇神眼看活捉不成，乾脆抄起椅子，想往家興丟過去。

「誰在我的課堂上打架？」郭曉明站在教室前端門口。同學們太沉溺好戲，沒人發現老師已經觀望許久。「要打，去教官室打。」

「對不起，我們沒打架，只是玩鬼抓人。」當四人眾面面相覷，李家興挺直腰桿，從教室後方中氣十足向老師報告：「下次要抓人，我們會去教官室抓。」

突如其來的回答，讓一旁的同學捧腹大笑。曾婉馨睜大眼睛，看不懂眼前這個黝黑精瘦的男子，說這什麼鬼話？

「你們四個，站在教室前面上課；你，站後面上課。你們都上大學了。所謂大學，就是大人之學。有點大人的樣子好嗎？」郭曉明語氣沉重，暗自壓抑笑出聲的衝動。

「是的，船長。」站在教室後方的家興，再次出奇不意的回應，讓郭曉明再也忍不住笑出聲來。這般奇葩人物，叛逆又順從，婉馨從小到大都沒見過。對於剛才解圍的事情，還有入學以來從未記住的面孔，這些都值得下課後好好找這位李同學聊聊，請教他究竟是何方神聖？

「曾婉馨同學，下課後到我研究室，我們要導生會談。」郭曉明掃視教室，一切又回到掌握之中，是時候了。「同學，上課。」

郭曉明興致一來，學生們就失去中堂下課。何況課堂上直接點名曾婉馨，雖然同學們不敢輕舉妄動，婉馨也感到相當不自由。當郭曉明宣布下課，坐在教室最前端的婉馨一回頭，眼睜睜看著李家興抓起書包，從教室後端奪門而出。

下課後，婉馨亦步亦趨跟著郭曉明回到研究室。熟悉的唐寧花果茶香氣，副教授想必和大媽媽有相同的生活雅好。

「從強維高中到明文大學，很不習慣吧？」兩人進研究室後，繞過重重書堆，坐在乾淨簡潔的茶席上，郭曉明俐落地泡茶，動作完全就是高中禮儀課上的示範影片。「我也是強維高中畢業，讀明文大學呦。」

「真的嗎？怪不得老師舉手投足都這麼優雅。」婉馨發自內心讚嘆，不知為何說出來卻特別拗口。

「都上大學了，就不用高中那套老規矩。規矩呢，是訂給沒教養的人學點形式。妳跟我這種文明人，呼吸就是教養。想做什麼就做什麼、想說什麼就說什麼，不要犯法就好。」郭曉明一邊說，一邊把玫瑰果茶遞給婉馨。這一番話有如醍醐灌頂，婉馨久久不能言語。「我找妳來，是談一談有關妳父親的事情。」

做為班級導師，郭曉明很清楚曾婉馨的家境。她傳授許多對應同學的方式，並承諾會協助婉馨順利畢業。婉馨仔細觀察郭曉明的神情，立刻明白她是認真的。和強維高中那些想要攀親帶故的老師不同，郭曉明是對權勢名利毫不在意的學者，以及執著於下午茶時間的貴婦。

喝完一壺玫瑰果茶，郭曉明語帶輕鬆：「好了，該放妳回家吃晚餐了。妳還有什麼想問的嗎？」

「老師，」婉馨停頓了，放棄原本的問題：「妳知道李家興嗎？」

郭曉明只是淺淺一笑回答：「還以為妳要問我是不是過來人呢！怎麼了，妳被那小子吸引了？」

聽到導師回問，婉馨立刻漲紅臉，沒感覺到雙頰這麼發燙過。「我只是想跟他道謝。」這話，她只說一半。

＊＊＊

家興拖著工作一整晚的疲憊，放下餐廳鐵捲門。一轉身，默不作聲的白衣女子站在闃黑的巷口，張著水汪汪的眼睛直盯著他。

「幹，妳是人是鬼？」據說髒話越兇越能驅鬼。

「請問你是李家興嗎？」婉馨在晚餐時間就過來這吃飯，稱不上好吃，平價義大利麵果然還是得加起司才好入口。就算吃過晚餐，她也在這等四個多小時了。

「我是。妳是誰？來討債的嗎？」家興藉由路燈映照，看到婉馨的影子，這才放心。

「不是不是，我是你的大學同班同學。我叫曾婉馨，就是今天下午……」婉馨知道這樣出現有多唐突，想道謝還嚇到人，突然羞愧到說不出話。

「妳就是下午被圍住的女生喔？找我有什麼事嗎？」確定對方不是來討債，家興正眼打量眼前的女孩，黑長髮、大眼睛、淚痣、白色薄長袖，加上黑色長裙，嫻靜美麗的模樣，像是沒有翅膀的天使。

「我想跟你說謝謝，準備雞排跟飲料給你當消夜。」婉馨提起手中的雞排，剛才等待太久，自己先吃一塊。

兩人坐在餐廳門口的候位椅上，騎樓在午夜的語法特別靜謐，整座城市對他們兩人拭目以待。婉馨默默地看著家興津津有味的樣子，開始有些嘴饞。

「你有給自己準備嗎？還是都被我吃光了？」家興回神，才發現眼前蘭花般的女孩，直盯著他的狼吞虎嚥，也感到不好意思。「謝謝妳請我吃東西。」

「不客氣，本來就是我該謝謝你。」謝也謝過，吃也吃完，接下來的話題該怎麼辦？「你的餐廳沒有提供晚餐嗎？」

「客人五點半進來，我們四點就先吃飯。現在已經十二點了。」婉馨沉默點頭，沒有回話，看來自己也該找點話題：「妳、妳下午為什麼會被人包圍？」

「原來你不知道嗎？」婉馨長嘆一口氣，決定據實以告：「他們想知道我爸是不是台灣富豪何永揚。」

「爸爸是誰，很重要嗎？」想起自己的爸爸，欠債欠到家破人亡，媽媽欠債欠到拋家棄子。生父生母是誰，對家興來說根本不重要。

「曾經我以為爸爸是誰，很重要。」婉馨深呼吸一口氣：「我曾經不知道我爸是誰，我很想知道，也情願付出代價。可是，真的付出代價之後，我開始後悔。」

「妳付出的代價是什麼？失去一個重要的人嗎？」關於對父親的存亡所願與代價，家興不禁想起笑呵呵的侯侯姨婆。

「對，我失去我的媽媽，我真正的媽媽，一個笑容滿面的天使。她曾經對我說我是她活下去的動力、她的翅膀，但她卻把我丟給從來沒有見過的『爸爸』，然後消失不見了。」婉馨抬頭看向夜空，試圖不讓眼淚輕易落下。

「我的媽媽，在我國小的時候就丟下我了。她抱著我的時候像天使，可是她帶著弟弟逃走了，只有我留下來。」家興也把目光投向夜空，假裝沒看見婉馨的眼淚。

婉馨向家興坦承自己身不由己的過往，才知道眼前的男孩和自己一樣可憐，同樣是被母親遺落的孩子。無意間，他們交換自己內心深處的傷痕，被母親擁抱後的餘溫凍傷的年少。因為擁有過，更加刻骨銘心的失去。不同的是，她的天使無聲消失，變成過眼雲煙；他的天使則帶走他的弟弟，變成夢魘。

他們隱藏在形象底下的耿耿於懷，獲得前所未有的舒坦。撫慰彼此似曾相識的疤，在短暫的對望中，他們的傷口不再隱隱作痛。

在這一刻，婉馨的眼中，家興不是鬼靈精怪的黝黑少年，而是一塊正被命運熔煉的黑曜石，經年累月的打磨，定能將它打造成世上最鋒利的刀刃，斬斷命運對他開的玩笑。

在這一刻，家興的眼中……

「地震！」地底傳來不祥的轟鳴，附近的流浪狗發出詭譎的嚎叫，四面八方喑嗚叱吒，盛大的災厄正要上場。「走、快走！」

家興抓起婉馨的胳膊逃離騎樓，婉馨已經兩腿發軟無法起身，性子急起的家興毫不猶豫抱起婉馨，逃向附近的青年公園。

一離開騎樓，樓上墜落的盆栽和玻璃碎片，多次砸向兩人。無論婉馨大喊幾次小心，家興只是用身子護住婉馨，不曾停下逃難的腳步。直到抵達青年公園，家興才小心翼翼放下婉馨。確認安全之後，家興癱坐在地上一嘆：「這次，真的是英雄救美了。」

「真的很謝謝你。」婉馨還驚魂未定，和家興兩人癱坐在一起，看著其他人陸續趕到公園避難。

「對了，妳有手機嗎？拜託妳借我打電話回家！」想起阿嬷現在一個人獨自在家，深夜經過這麼大地震，不知道是否平安？

婉馨二話不說，立刻從背包裡找出手機交給家興。只是按鍵太小，週遭也沒燈光，讓性急不斷打錯的家興，差點把手機丟出去。婉馨一把接過手機，立刻幫他撥出電話。心急如焚的家興聽到等待的嘟嗚聲，搶過婉馨手中的手機，焦慮地等待。拜託，快接起電話，至少有誰接起，拜託。

「幹你娘，三更半眠打什麼電話？」一接起電話就是中氣十足的招呼，聽來阿嬷平安無事。

聽到阿嬷聲音，家興如釋重負：「阿嬷，是我家興啦。剛剛地震好大，妳有沒有怎樣？」

「有啊，我剛剛在吃豆花，想說豆花怎麼那麼晃，都吃不進嘴巴。外面瘋狗把我叫醒，我的豆花嘛沒去。」夢中的豆花一定很美味，讓阿嬷念念不忘。

掛斷電話之後，家興雙手將手機奉還：「謝謝妳幫我，我阿嬤平安無事。」

「不客氣。」婉馨刻意用雙手覆蓋在家興的手上取回手機。家興感到一股酥麻的熱流，傳回他的心窩。

看見婉馨只是把手機收回背包，家興問她：「妳不打電話回家報平安嗎？」

「沒關係，在乎我的話，他們會來找我。而且天塌下來，也砸不死他們。」

「妳這樣說也太奇怪了吧？」眼前纖弱的女孩也有曲折的身世，家興忍不住說：「至少妳有名義上的爸媽。」

「他們才奇怪吧？從我媽身邊帶走我，不教我也不愛我，跟所謂的爸爸見面的次數，比鋼琴老師見面的次數還要少。」

想起李國興那樣似有若無的父親，家興可以明白婉馨的想法，於是開口決定：「我明白妳的想法，那就這樣吧。等他們來找妳之前，我先陪妳。」家興打開自己的背包，拿出三盒作為應急糧食的生活泡沫紅茶，「消夜時間 Round Two。」

「你更奇怪，不要回家陪阿嬤嗎？」婉馨從背包中翻出一罐全新未開封的品客洋芋片。

「阿嬤很好啦，她會活到百二。而且她剛剛在電話裡超有精神的問候我三字經。」家興開心地打開品客，「哇，起司口味。」

「你知道嗎？最奇怪的是我。」不等家興回話，婉馨把頭倚在家興右肩，家興頓時害羞得說不出話。婉馨右手抓起家興的右手，撥出沾著起司粉的食指，輕輕地舔舐指腹。「李家興，我好看嗎？」

家興覺得腦袋開始發暈，是餘震嗎？「好看。」

「你喜歡我嗎？」

「喜歡。」

「那你要不要跟我在一起？」

「妳說什麼？」家興收回右手，挺起身子。「妳說什麼？」

「我說，」婉馨也挺起身子，盯著家興，黑暗中藉著月光和路燈，看清他的劍眉、挺鼻和單眼皮。然後湊到家興耳邊，氣若游絲：「你要不要，跟我在一起？」

婉馨的聲音輕輕軟軟，像棉花糖一樣鬆軟甜蜜、入口即化，融進家興的腦海裡。家興幾乎本能反射抱住婉馨，他想做點什麼、他要做點什麼，但他不知道。只是狂亂撫摸婉馨的後背，鑽進婉馨的頸窩大口呼吸。好像一頭孤獨的狼，闖進盛開的花園打滾。他無意識將手鑽進婉馨的衣襬裡，被婉馨抓住。

「答案呢？」婉馨輕輕地說，家興覺得自己飛蛾撲火，卻無處可逃。

「要。」家興恢復些許理智，但他堅持相信還在餘震，「都聽妳的。」

＊＊＊

雖然單論外型來說，家興不是癩蛤蟆，但婉馨絕對是天鵝。何況論家世而言，兩人的處境是雲泥之別。父母雙亡的檳榔攤之孫，和金湯匙出身的企業家之女，兩人交往再怎麼保持低調，當婉馨走進教室在家興身旁坐下，這一黑一白、一貧一貴，就變成他人眼中的趣味故事。

年復一年，李家興身上的行頭，從突兀的炫彩菜籃提袋，變成流行的JanSport，鞋子也從盜版的三條線愛迪達，變成正版的耐吉板鞋。李家興全身上下無一不是曾婉馨打點的。這下子，李家興要飛上枝頭變鳳凰了，同學之間如此討論著。

家興也時常看著自己身上的T恤和牛仔褲。身上這件，是情人節禮物，腿上這件則是愚人節；口袋裡的皮夾，是耶誕節禮物，揹背手機則是佛誕節送的。他知道婉馨是真心為他好，才買這些裝扮他。他覺得自己有點像是芭比娃娃套組的肯尼，有一排自己的衣櫃。只要婉馨和阿嬤開心，家興覺得這沒什麼值得丟臉的。

但是，這也不能阻止他放學後的打工行程。雖然交往對象是富可敵國的企業家之女，別說登門求助，或是光是利用婉馨每個月的零用金，就能在大學畢業前把債務還清。但這筆債是李國興造的孽，說什麼都不該讓曾婉馨來還。何況討債的那群黑道，要是知道他突然有能力還清債務，一定會獅子開口加重利息，連帶威脅婉馨。這是家興用生命也要阻止發生的事。

他已經決定好，債務還清的那天，就是向婉馨求婚的紀念日。

婉馨倒是非常希望家興停止放學後的打工，陪她參加一場音樂會或藝廊展。畢竟二十一歲了，大媽媽開始帶她出席政商名流的活動：青年會、獅子會、公益園遊會、麻雀放生。這些矯揉造作的活動只有一個目的——認識更多政商名流，門當戶對地決定兩家人的事情。

曾婉馨知道自己正在扮演二十一世紀的中古貴族。她真正想要的，只有李家興。

而她能做到的，就是把李家興變成那個最匹配的人，至少兩人站在一起看起來是門當戶對的，而不是一個陽明山小姐、一個艋舺流氓。也許卡通裡有美好結局，但這裡沒有，只有何曾茵茵想要的結局。

快到家興生日，除了日常上課筆記，婉馨想買一台汽車作為慶生禮物。但自己沒有汽車駕照，要買一台四輪會令大媽媽起疑。關於二十一歲，婉馨覺得特別有紀念意義，或許是因為二十歲生日的時候，家興推辭象徵成年的領帶，兩人大吵一架，讓婉馨銘記在心吧？

「大哥，我可以請教你一個問題嗎？」婉馨確認何榮光現在獨自一人，提起勇氣敲敲書房門，詢問那個所謂的「大哥」。

在陽明山上這座宅邸，何永揚是購買人，但屋子真正的主人，是何永揚和大房何曾茵茵所生的大兒子，何榮光。以屋主和天堂玻璃企業接班人自居的何榮光，總是對父親其他的子女盡可能展現「友愛」。就算是眼前幾乎可以成為自己女兒的「妹妹」也是。

「有什麼煩惱盡量說，大哥一定幫妳。」面對半路認祖歸宗的「妹妹」，何榮光打從心底感到鄙夷，要不是媽媽曾經慎重交代過，眼前這個明珠的價值匪淺、絕對不能輕慢，他根本不會正眼瞧瞧這個曾婉馨。

「你先答應我，絕對不可以跟媽媽說。」做生意的人得守信用，尤其「家族信用」，這是何氏家規。

「沒問題，奉上我何榮光作為大哥的名譽，我答應我的妹妹曾婉馨，絕對嚴守她的秘密。」高舉左手拇指，指上有一只翡翠班指，是母親送他的成年禮。每當何榮光許願或發誓，總會做出這個動作，塑造他心目中的王者形象。

婉馨覺得很中二，都四十歲的人了。「我想知道，男生想收到什麼樣的成年禮，拒絕不了的禮物。」

何榮光一下就聽出問題，他反問婉馨：「妹妹，你有喜歡的人啊？連媽媽都不知道？」

「大哥，你先回答我嘛。家裡這麼多人，我能問的只有你。」婉馨這句話沒說錯，宅邸的主人是何榮光，但是宅邸裡到處都是何曾茵茵的人，就連何榮光的妻子也是。在這間屋子裡，只有作為屋主的他，或久久出現一次的何永揚可以回答。

權力，是何榮光心裡的解答，但是一個二十歲出頭的小女生怎麼會理解呢？「車，每個男人都渴望擁有高速的自由。二十歲的男生，應該會喜歡 BMW 吧？」

「如果他說他要靠自己的能力賺一輛呢？」婉馨的回答令人吃驚，以為富二代們都是不諳世事的紈褲子弟，沒想到還有如此追求上進的男人。是大智呢？還是真愚呢？

「既然如此，那他很有上進心。認真工作的男人，都需要一條領帶彰顯品味。」關於男性成年禮，何榮光給出相對保守的禮物推薦。

「他說他不需要領帶，堅持拒絕了。」想起去年的爭吵，婉馨還心有餘悸。

何榮光倒是開始不耐煩了，隱瞞何曾茵茵，基本上沒有任何好處。作為經濟聯姻的籌碼，竟然私自開始交往。何榮光隨口說說：「不然就送一台機車吧？當作何家的特色。當初爸年輕的時候也是一台機車闖天下……」

婉馨聽到這個答案，豁然開朗地離開書房。這下可好，還是得查明母親待價而沽的小明珠，私下把心賣到那裡去了。他撥出一通電話……

＊＊＊

其實家興沒有特別期待過生日，因為就在那一天，媽媽和家盛永遠消失的那一天。從那天開始，家興和李國興關係變得更加糾纏不清。就算李國興就此從世界上消失，也要拉著他最喜歡的侯侯姨婆一起。願望不能亂許，一切都要付出代價，從一串鑰匙開始。

他知道婉馨對他是真心誠意的，畢竟，誰喜歡談一場別人茶餘飯後話題的戀愛呢？但他心裡也做好準備，準備好也許今天，或是明天，就在某一天，婉馨會因為他的窮酸感到徹底失望，最終決定離開他。

「嘿，在想什麼？女朋友來了都沒發現。」在約好的春水堂，一個女人頂著全罩式安全帽，走到家興的桌邊。

「認得出來才奇怪。妳今天什麼打扮，等下要跟妳媽去貴婦飆車嗎？」聽到熟悉的聲音，家興放下心中的困惑。先別想這麼多，今天婉馨要為我準備特別的禮物。這次可別像去年一樣再吵架了。眼見婉馨拿下自己的安全帽，也為身後的人拿下安全帽

——阿嬤！

「阿嬤，妳怎麼會在這裡？」家興一直想介紹待己如母的阿嬤讓婉馨認識，可是遲遲沒有做好心理準備。誰知道此刻婉馨竟然帶著阿嬤出現在眼前？難道這就是我的成年禮嗎？

「家興啊，你一直都沒有帶女朋友回來，我還以為你女友是個女流氓，沒想到是這麼漂亮的大家閨秀，風情萬種啊。」阿嬤迫不及待向家興稱讚：「媳婦選這種就對了，你眼光很精喔。」

「阿嬤，風情萬種不是這樣用的啦。」意料之外的發展，讓家興焦慮。他搞不懂婉馨的想法，還有為什麼頭戴安全帽出現。

「阿嬤，給妳點一個雞肉套餐討個大吉大利，好不好？」婉馨很快決定三人的餐點，一如往常果斷，絕不拖泥帶水。

「妳剛才怎麼會跟阿嬤一起出現？」家興整頓好自己的腦袋，問題一個一個來吧。

「騎你的車來的啊。」婉馨這句台詞，已經練習一個月之久。她拿出機車鑰匙，準備好欣賞家興的表情。

「妳在說什麼，我哪有機車？」家興感覺被耍得一愣一愣，為了早日還清債務，連侯侯姨婆起家的小發財貨車都賣了。家裡除了阿嬤買菜的腳踏車，沒有其他能稱得上是車。

「你去外面看看，車牌508的那台。」婉馨拿起鑰匙在家興面前晃啊晃，家興不耐煩地抓起鑰匙，起身到餐廳門外一看——與他生日同號碼的車牌，是最新款的機車、藍白相間的勁戰。他立刻發動，在餐聽外圍打轉二十分鐘之久。

「小壞壞，這禮物太貴重了。」家興衝回餐廳，阿嬤已經開動，非常投入眼前美味，側耳關注這一切。

「大乖乖，你不是一直都想要成為獨當一面的人嗎？我爸爸當初也是靠一台機車起家的。」為了等家興回來，婉馨自己的餐點倒是一口也沒動過。

「可是……」

「沒有什麼可是，李家興。我生日那天，你要跟我回家吃飯。」婉馨打斷家興的話。她做決定，一如往常果斷。

「小壞壞，這件事情不要那麼急著決定……」

「阿嬤，妳知道嗎？家興是我遇過最好的男人了。」再次打斷家興的話，婉馨似乎不吐不快：「我想要嫁給他，妳同意嗎？」

咦？我剛才是被求婚了嗎？剛上桌的套餐還沒冷呢！從阿嬤出現、到機車試乘、到求婚，這些話題進展太快，家興已經跟不上。他甚至不認為自己是「最好的男人」。

「好喔，阮孫跟仙女結婚，當然好啊。只是說，我家沒什麼錢，沒有好看的嫁妝……」

「阿嬤，妳在說什麼啦。是我要娶婉馨，不是婉馨娶我，怎麼會是嫁妝？」阿嬤難道老糊塗了？先是風情萬種，又是嫁妝，以前能言善道的艋舺雙喬，怎麼會接連口誤？

「是你說的喔。既然你都說要娶人家，阿嬤哪裡會反對呢？」阿嬤笑得連缺牙都露出來了，家興才發現上當。

看著家興慌亂著急的模樣，婉馨牽過家興的手，輕輕軟軟地說：「李家興，我好看嗎？」

「當然好看。」家興看向婉馨深邃的瞳孔，映照著他的面容。

「你喜歡我嗎？」

「當然喜歡。」他早已不是十年前哭哭啼啼的瘦皮猴，而是牙一咬、雙肩扛起責任的大人。說喜歡，他當然敢。

「那你要不要跟我在一起？」

「妳說什麼？」名為責任的重擔，一肩是阿嬤，一肩是百萬債務。我可以嗎？我真的可以論及婚嫁嗎？

「我說，」婉馨翻開家興長期工作變得厚實的手掌，將自己纖細的五指和家興寬厚的五指捲在一起，「讓我照顧你照顧的家，不論我的爸爸是誰，也不論你的爸爸是誰，好嗎？」兩人緊握的手，婉馨從粗糙的掌心，接收到熱切的溫暖；家興從細緻的指腹，感受了意外的冰冷。

「好。」家興凝視著兩人緊握的手，「妳說的都好。」

＊＊＊

約好在婉馨生日那天，家興就要踏進她口中的「恐怖屋」，心裡覺得有些緊張。

畢竟在阿嬤的催促之下，答應要和婉馨結婚，難免覺得兒戲。婉馨想做的事情，幾乎沒有誰可以動搖她的決定。不知道無所不能的大媽媽何曾茵茵，是否也不能改變她一分一毫？

婉馨說，要踏進陽明山上的恐怖屋，得先有一套西裝。不是 Net 或 G2000 那種成衣西裝，也不是漢口街的訂製西裝。家興和婉馨騎著機車來到民權東路，他差點以為自己是挑選西裝的配角。

西裝店裡玲瑯滿目的紳士配件，細微到無法區分的布料紋路，以及婉馨和裁縫師討論的行話，讓家興彷彿被置入水晶球當中。他被兩雙手前後擺弄、左右指點，身上披上厚布丈量畫線，長與寬束縛著他。婉馨和裁縫師的聲音，好像在水晶球體外，他聽不懂。這是上流階級的日常生活嗎？還是勇者上路前的裝備購買？家興想起《木蘭詩》：東市買駿馬，西市買鞍韉。嗯，木蘭家肯定也是很有錢。

婉馨生日當天，家興忐忑不安地穿上西裝，站在艋舺的巷弄裡。他的訂製西裝特別突兀，好像失意的信義區業務員，逃離如戰場的職場，來萬華區的暗巷找一場廉價的性愛發洩。這是他人生第一套西裝，他知道男人都該有一套自己的西裝，才能彰顯他們的成熟、世故和帥氣。

摸摸自己的下巴，家興本來想為這套西裝留一些鬍渣，但婉馨堅決規定他每天都得刮鬍子。缺少性徵加分的男人，家興的自信不及格。被關在上流的平民，再怎麼學會摺紳士手帕，都不對勁。

時間到了，家興戴上新買的卡西歐手錶——全身上下唯一自己掏錢挑選的配件——搭上一台車內芳香過頭的計程車，準備前往心愛公主所在的城堡。

＊＊＊

下山的時候，家興還是搭上原先那台芳香過頭的計程車，一切都令人疲倦。

原先婉馨告訴他，像她這種不改姓的私生女，所謂生日會大概也就兩、三個小時，請四、五家朋友而已。沒想到何曾茵茵今年有備而來，宴請二十家貴婦和未婚富家子，上到四十歲、下到十歲，場面之大，還以為是二哥何榮耀的浮誇慶生會。

這明擺著是駙馬爺招親會，而且是衝著李家興而來。看來大哥何榮光的中二發誓儀式一點也不可靠。家興坐在角落動也不敢動，眼睜睜看著高矮胖瘦的富家子弟，像愚蠢的鬥魚一樣爭奇鬥艷，還有一個十歲的小胖子，跑來嘲笑他的手錶。

「你的手錶好遜喔，你看看我的。」家興以為他要拿出勞力士，結果是數碼寶貝手錶。

「是啊，你的手錶超酷，去哪裡買的？」果然還是小孩子好，天真無邪，不像在場的大人一樣爭權奪利。

「問幹嘛？看你戴這種手錶，你才買不起咧。」啊，收回原話，這裡的每個人都爛透了。

計程車上，穿著小禮服的婉馨不發一語，家興也不知道如何是好。曾婉馨確定和何曾茵茵翻了臉，而何曾茵茵最忌諱給臉不賞臉。這一翻，就是曾婉馨送給自己的成年禮——眾目睽睽之下的私奔。

＊＊＊

家興打開衣櫃，翻找一套合適的西裝。今天是他跳槽到新公司報到的第一天，也許那年訂製的西裝能夠豔冠群芳，但是摸摸他的腰間肉，身材已經不如當年精瘦。還是換上前東家發的業績獎金採買的百貨公司年終特賣出清西裝好了。

「小壞壞，我的酒紅色領帶去哪裡了？」套上外套，穿上成對的襪子，還差一條領帶，就能成為一個成熟的大人。

「大乖乖，你是王牌，不是紅牌，要搭這條才好看。」婉馨轉過身來，已經穿好專櫃制服，還差一條絲巾。她為家興系上一條藍色條紋領帶。「嗯，這才是我的王牌老公。」

家興匆忙地親吻婉馨的額頭：「那我先出門了，我的王牌老婆。」

騎上他的勁戰，在漫長的通勤路上，想起當年拿到這串鑰匙，其實他心底暗自希望是檔車野狼一二五，成為電影裡向理想遠征的男人。但他很慶幸是這樣穩定的速可達，讓他趕上每一趟打工和每一趟業務，達成每一次業績，拿走每一筆獎金。如今，不用讓婉馨屈居在萬華簡陋的巷子裡，他們合力在新店租下一間家庭式，準備建構他們的家庭。

說也奇怪，當年眾目睽睽之下，婉馨拉走他，給了「夫人」一個難堪。本來以為日子會遭受刁難。婉馨住進家裡，不但毫無怨言，就像財神入門，原本幾度轉手的「

侯家在」檳榔攤，新地主以便宜的價格租給阿嬤。阿嬤喜極而泣地把侯侯姨婆的牌位帶回「侯家在」，以前的熟客也熱情相挺。討債多年的地下錢莊，突然被政府大力掃蕩，餘下的債務瞬間灰飛煙滅。

現在，已然實現當年對自己立下的誓言——債務還清、兩人成婚、共組家庭——感謝媽祖娘娘、感謝觀音菩薩、感謝靈安尊王。需要感謝的神明太多，那就謝天吧。

從四樓陽台確認家興騎車出發後，婉馨翻出私藏的儲金簿，規畫起下個月的支出。賄賂警官掃蕩黑道討債、買下檳榔攤之後，戶頭裡的緊急備用金寥寥無幾。仗著大哥的援助，將一塊小地方租給李花阿嬤，看她老人家感激流涕，婉馨覺得十分值得。

離開何曾茵茵，是她這輩子做過最好的決定。只是這個逃離貴族豢養的決定，也是投身平民生活的開始，幸好李家興依舊賣力工作。在那之後六年，終於從萬華矮巷一樓，拼命爬升到新店四樓，而且不用再和長輩一起生活。婉馨很意外，自己竟然會開始懷念陽明山上，那一場虛偽的大型家家酒。

家興到新公司報到的那天中午，沒有盛大的迎新午餐，雖然每間公司都不一樣，「隨人顧性命」也是競爭激烈的保險業常態。至少，還是有熱情的同事邀請他一起吃午餐。公司附近一家「盛飯自助餐」，只要十元，湯飯任意自盛。

「這家貢丸湯非常好喝，是我喝過最好喝的湯。根本就是死前必吃的一道美食。」新同事老黃說話浮誇，家興很快就適應了。這是保險業務員的職業病。

「最好是有這麼好喝。我可是吃遍全台北市自助餐的男人，要滿足我的嘴，可不容易。」家興把炸雞腿夾進餐盤裡，這是他評比自助餐的第一標準。

「這樣一共是九十七元，加飯嗎？」收銀員俐落的計算菜色，拿起飯碗問家興。

「加……家、盛？」家興抬頭看向收銀員，有一張似曾相識的臉。

「……哥？」家盛雙眼睜得銅鈴般大，他驚嚇的表情，好像當年看到李國興發酒瘋的媽媽。

第七章

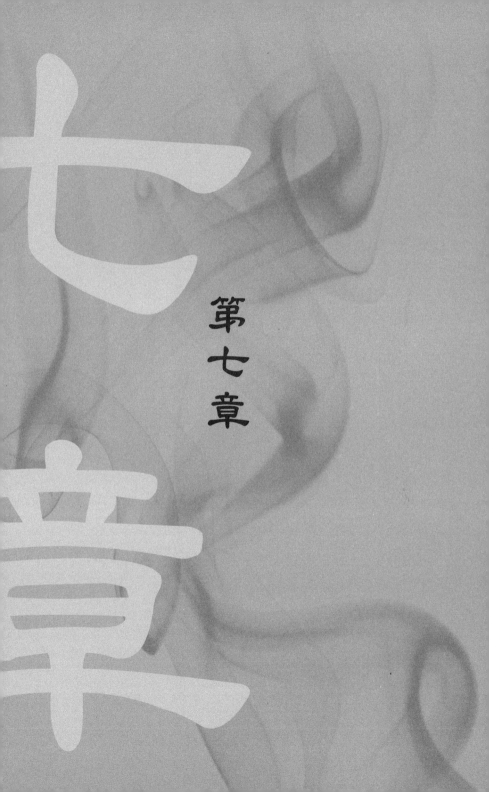

SUN.

事後想想，自己真的蠢到有剩。我站在二二八公園廁所前面，鼓起勇氣去跟一個站在那邊很久的男人說話。還好還沒問，一個花枝招展的女人跟他一起走掉。我站在那裡一會，他們似乎沒注意到我，兩個一起走進殘障廁所。

後來我沒事做，拿著荒人手記看，站兩個小時，只有被問路。下午到晚上，什麼都沒做到就回去了。

SUN.

準備期末考的時候，書偉找我一起去圖書館讀書。他偷偷跟我說，他耶誕節遇到一個跟他年紀差不多、胸部又大的女人，體會他人生中第一次。現在每次想到就會「升旗」，不能專心讀書。才剛說完就說去廁所。我本來想趁他不注意跟過去，又怕被發現很難解釋，只好壓著褲子繼續讀書。他從廁所笑嘻嘻地回來之後，跟我說這一萬五很值得，叫我也要試一試脫離處男。

我現在一碰到我的下面，就想到他這句話。我是要試試看男生還是女生？

TUE.

打破週日才會打開這本的自我規定，我現在就想寫下來忘記。我在網站上約了一個人叫做 Nomo，剛交換 MSN 就傳來下面的照片，我嚇到立刻關機，確認室友都睡了才敢開機。我比較想看臉，對方賴皮不傳，但身材還不錯我就答應週二見面。

其實 Nomo 不醜，他大我八歲。他說在台北 Gay 圈，他算是難看的。他也一眼就看出來我不是台北人，一邊嫌棄我的襯衫紮進褲子，一邊拉我進旅館。旅館跟《孽子》演得一樣，打開全部的燈還是太暗，潮濕悶冷，總之不算高級。我來不及說我有門禁就被他擺布。當下真的說不出話，很興奮，就是書偉說的很爽。Nomo 說把衣服脫了的我，是等待被吃的肉，叫我不動，他可以全自動。我到現在都忘不掉他每一個動作，都讓我很爽。他說要我記得，下次換我做。

我一回來就封鎖他的 MSN，然後寫下來。其實那時候我閉上眼睛滿腦子都是志豪。

我還有點站不穩。

SUN.

因為期末考跟寒假，我又把這本樹洞忘了。幸好忘記了沒有帶回苗栗，免得被發現。

我把 Nomo 的封鎖解除又加回好友，被他揶揄，問我是不是忘不了他的身體。我說不是，但其實是我不想冒險再找別人上床，我不想被出櫃。

我沒有自己想像的那麼清高，一旦嘗過性，滿腦子都是性。我可以明白為什麼書偉開始打工存錢。

SUN.

因為我表現太糟，變成又是我不動，他全自動。買了旅館一個晚上，做完就睡，睡醒之後他直接說我表現太差，他要吃飽消氣。

我坐上他的機車不知道會去哪，到一家大排長龍的自助餐。大太陽底下排隊無聊，我仔細打量 Nomo，看起來就是一個沒工作、沒女友又沒刮鬍渣的消極男人，看不出來是獸性大發的 Gay，怎麼好意思說我土氣？

隨意打量附近的男人有沒有好看的，正門口外面一個襯衫男跟一個圍裙男，兩個長得很像，皺眉抽菸的樣子，好像電影裡的黑道對峙。他們雖然皮膚很黑，但真的很帥。我忍不住排隊時候偷偷靠近他們，想記得他們的長相。

現在想起這兩個人，邪淫的畫面立刻浮現我腦袋，我低俗的跟 Nomo 一樣。這就是台北，跟聖經中的索多瑪一模一樣，愉悅的罪惡之城。

SUN.

我和 Nomo 分手了。交往是他提的，分手也是他提的。我們約會都是週日，所以我沒什麼時間逃回我的樹洞。所謂的約會，就是吃飯、上床、吃飯、上床，就結束一次約會。有時候載我去公車站都不願意，卻說我不懂愛。我買了皮夾和皮鞋送他，他都不領情，好意思說我不懂愛？我們的約會都是做愛、做愛、做愛，他好意思說我不懂愛？我才搞不懂他說的愛是什麼。

感謝老天他和我分手，真棒的二十歲禮物。

SUN.

我承認我很笨，才能勉強讀到大學。雖然不知道「金融海嘯」是什麼，但是一聽就知道不是什麼好事。

爸的工廠快要沒了，一旦沒了，我的學費跟生活費也沒了。那意味著我沒辦法讀完大學，更不要說待在台北。回苗栗家看著他愁眉苦臉，我跑回台北上網想要喘口氣，卻發現自殺的消息一件接一件。

打給 Nomo 好幾天都沒接，我甚至懷疑他不在人間。

SUN.

在台北想約，常常遇到對方什麼話都沒說傳屌照給我，我就會想起 Nomo，就放棄約了。久久看書偉春風得意的樣子，就知道他去買春。我不知道條件這麼好的他幹嘛不交女友，就問他。

他說：「交女朋友很麻煩，每天都問『你愛不愛我？愛我多少？愛我什麼？』花錢買禮物哄她，她也不一定跟你上床。」當下我很吃驚，原來男生比我想得更原始，是雄性生物才對，我怎麼都沒發現呢？

後來書偉才語重心長地告訴我，他愛過一個很酷的女生，他的高中同學。但是那個女生是「蕾絲邊」，就算跟書偉接吻過，也沒有因此對他動心。高中畢業之後告白失敗，書偉一直打電動，才忘掉那個人。

《藍色大門》裡面的張士豪就在我眼前，他的夏天結束後留下了關於愛的死結，質變成無底慾望，成為一個買春的大學生。

至少，至少他比我更知道「愛」是什麼。

SUN.

我上次回家，爸的表情沒有那麼陰沉，甚至開始戒酒了。原來他開始跟媽去教會，媽跟他說神會幫助我們度過這次的難關。

這太反常了，於是我跟他們去一趟教會，看看神怎麼幫助一對貌合神離的亞當跟夏娃。答案出乎意料的簡單，根本沒有任何超自然的神蹟。錢，教會很有錢，還有很多有錢人。這才是真正的神蹟。

爸在教會受洗，也在牧師面前懺悔自己以前出軌，宣示以後對婚姻忠誠，現在每週都會和媽上教會讀經，而且不再交際應酬，每天和媽共進晚餐。我很想留下來看看爸的把戲會演到何時，但我得回學校上課。

追這齣戲是我下次回苗栗的動力。

SUN.

雖然跟媽約好一個月回去一趟，但我太好奇爸爸的信仰進度。就我對他的認識，他是為達目的不擇手段的人，一旦得到想要的就會故態復萌。我想三週應該足夠讓他吸光教會的錢，所以迫不及待看媽崩潰的樣子。

週五的課一結束我就趕火車，想給他們措手不及，沒想到措手不及的是我。他們不在家，也不在教會，甚至不在苗栗。新來的執事跟我說，趁現在金融海嘯影響，教友開的飯店房間折半價，爸帶媽去南部玩。

難以想像之前告訴我家裡負債百千萬的王先生和顏女士，現在正在雲遊四海，我還特地去一趟遠得要命的食品工廠，想找爸外遇的蘇秘書問個清楚。結果蘇秘書早就被辭退了，現在是副廠長范叔叔坐鎮。他歡天喜地告訴我爸爸從教會帶回來的訂單讓工廠起死回生了，現在他也開始上教會。

還以為他們倆相約躲債，沒想到王先生竟然真的洗心革面要當一個好丈夫！天啊！

確認我不會繼承負債千萬，真是鬆了好大一口氣。想說沒戲可看就收拾回台北，哪知道我正在收行李，他們倆剛好回家。他們看到我又驚又喜，媽塞了很多伴手禮給我，爸給了我一個擁抱。

一個擁抱，太神奇了。他自從我上小學之後就再也沒有抱過我，還記得小時候他跟朋友喝茶，當著我的面說：「抱小孩是女人的工作，男人的工作是抱女人。」我不知道原來耶穌可以把一個人渣治療成一個爸爸，他怎麼沒把我治療成一個正常的異性戀？

我很討厭、很生氣，但我還是哭了，爸媽以為我在學校受到什麼委屈跑回家。我很討厭、很生氣，但我從他們身上、從我最討厭的兩個人身上，看到愛是什麼。我不知道怎麼形容但是我知道那該死的感覺，舒服又難過的感覺，就是愛。

回台北之後我打好幾通電話給 Nomo，打不通。我想謝謝他，我真的不愛他。

SUN.

這一禮拜過去，我總是心不在焉的想「愛」這件事。我愛過嗎？我被愛過嗎？Nomo 有愛過我嗎？小時候聽那麼多神愛世人，我一直以為被愛就是被聖光照耀，很熱甚至會燙傷的事情，還想為什麼但丁形容的天堂那麼炙熱像地獄。現在才知道為什麼別人眼中的天堂是熱帶沿海、是夏威夷，那裡溫暖不灼燒、打潮不濕悶。天堂不應該越高越亮，是要突破大氣層嗎？

爸抱我的時候，我感覺到被愛。如果擁抱就能傳遞愛，那媽抱我、Nomo 抱我，為什麼我感受不到？我一直想要知道其中的差別，回過神發現我這一禮拜都沒有專心上課，講義的頁邊空白寫滿我對愛的想像。

其實志豪訊息我為什麼網路小說沒更新，我沒有回他，我發現我早就不愛他了。我甚至不確定我是不是愛過他。

書偉說，他打工的同事很吸引他注意，是一個學姊。他想談戀愛了。我問他如果女朋友問他愛多深，他要怎麼回答？「像馬里亞納海溝那麼深。其實我想說乳溝多深愛就多深。」我怎麼會期望他認真回答呢？

SUN.

開始寫詩之後沒有樹洞的慾望，我竟然開始寫詩或是我竟然完全忘記樹洞的存在，已經不知道要先驚訝哪個才對。或許寫詩這件事情跟電動一樣有趣，才是最讓我吃驚的。

以前課堂上說「看山是山」，同學只會接句「遠看山大近看三小」，然後笑得跟白癡一樣。實際開始投入，才知道古人和老師的描述誠不我欺。加入系上詩社後沒多久就得校內獎，其他組我不知道，新詩組足足收了三百多首詩，教授說我足夠優秀才能脫穎而出，鼓勵我繼續寫詩。他說他看過太多有才華的人，從詩壇黯然退場，希望我繼續發光發熱。

暫時不管樹洞，我決定畢業前拿下大專院校詩歌獎，當作給自己中文系四年的交代。

啊對了，Nomo 還活著，真是鬆了一口氣。

MON.

入圍決選，這週六我將出席詩歌獎。

SAT.

頒獎典禮上說入圍就是肯定的人，肯定是虛偽的人。所謂一點也不羨慕別人，只是還沒遇到被神欽點的天才。

拿到銅獎，我已經大四，我再也沒機會了。金獎是大一新生，怎麼能不羨慕甚至嫉妒？唯一可能的是：往後成為更優秀的詩人，持續站在詩壇上。那些太耀眼的不過是流星，轉眼就會脫軌殞落。

距離畢業還有一個月。

SUN.

今天畢業典禮，全年級第一的書偉家人沒有來，女朋友來了，就是那個打工認識的學妹。她笑起來很酷、沒什麼胸部，跟他看 A 片的品味差很多。幫他們合照，我好像看到《藍色大門》裡面的張士豪跟孟克柔在一起了。看來書偉留下他此生摯愛的影子，並且成為一輩子為影子發亮的光芒。那天他太耀眼，難怪有人說戀人是閃光。

今天，我爸媽也沒來，就算我拿下全年級第二名，還有大專院校詩歌獎銅獎，特別被系主任誇耀。如果我選擇不接工廠、執意寫詩，那他們可以另尋接班人，不要我這個兒子。

我大半輩子害怕被發現是Gay然後逐出家門，誰知道寫詩就有同樣結果。真是膽小過頭。每個人都離開畢業典禮跟宿舍，離開大學前往新的人生，只有我靠在這張陪我四年的宿舍桌，反芻我僅有的輝煌：兩次文學獎、一個前男友、無數首詩跟無數個保險套。

回家嗎？食品工廠的廠長跟詩人可以兼容嗎？還是被現實鯨吞我剛萌芽的文學路？

好不甘心。真的好不甘心。

SUN.

我聽說很多人為了自己的性傾向或自己的夢想，鬧出痛苦萬分的家庭革命。既然是革命，失敗才是多數。我摸摸鼻子回家，準備好只屬於我自己的戰役。這本 BIBIE 我會先藏在台北，下次再打開時，我不是食品工廠廠長，就是詩人。

SUN.

嗯……嗯……總之，我沒有接任廠長，也好久沒有寫詩了。唉。

當初把話說太滿，自以為破釜沉舟，結果機關算盡，甚至答應媽要接下工廠，像爸爸一樣，平日做自己的事情，把工廠交給范叔叔管理就好。

結果范叔叔累倒，爸爸回工廠工作，跟我說不工作就滾出王家，要接工廠要先拿出真本事，經濟獨立至少三年，拿錢回家累積一百萬再來談。如果我有本事接下工廠，要把工廠賣掉一輩子不愁吃穿投入寫詩，他也沒有怨言。

被他天花亂墜的說詞洗腦，我竟然天真的以為苦個三五年就有自由身，答應他的戰帖。結果當兵結束後，我差點餓死在台北街頭。

關鍵時刻是 Nomo 打給我，本來說是請我吃飯，結果是推銷保險。我把我的生死交關告訴他：大學沒存錢、求職沒人要、戶頭沒餘額、眼下沒親人。他收留我到他狹小的永和木板分隔套房，丟一堆書給我看，把以前送他的皮夾皮鞋給我，還幫我買了一件襯衫和西裝褲。我就這樣臨時惡補進入保險業。

不是渾身油煙味的食品工廠老闆，也不是書卷氣的詩人，我現在是生活技能零的社會新鮮人，一問三不知的保險業務菜鳥王家恩。請多多指教啊你耶和華。

SUN.

現在跟 Nomo 住在一起，偶爾會想起以前交往的種種，但內心沒有火花。我們兩個大男人住一間小套房很尷尬，而且隔音很差，隔壁死大學生叫床很沒有公德心。Nomo 建議我們可以搬走，但是我手頭錢真的不夠。好懷念少年不知窮滋味的生活，現在連去麥當勞吃飯，薯條跟可樂都不敢加大。

後來 Nomo 把他住了三年的套房讓給我，一個人去住板橋的頂樓加蓋。他說頂樓的夏天再熱，也沒有新鄰居叫春這麼熱。

SUN.

星期五那天，主管為了讓我成為即戰力，把我派給分部最強的業務李家興當跑腿小弟。他跟 Nomo 差不多大，皮膚黑，眼睛不大但是鼻樑挺，是個帥哥。他給我某種似曾相識的感覺，說不出所以然，好像我上輩子就見過他。我以為這種話只會出現在瓊瑤小說裡，但他確實給我一種強烈的熟悉感，讓我打從心底信任他。也許這就是他成為最強業務的秘密吧？

我都叫他李大哥。我跟李大哥交換了進入保險業的理由，他是為了妻子跟兒子的幸福生活，學歷不高的他選擇成為可以抽成的銷售員，輾轉成為保險業務。我如實告訴他我的夢想跟百萬孝親費，他立刻打電話要大嫂多準備一份碗筷，決定請我到他家吃晚餐。還說只要有困難都可以找他，哪怕是一張保單或是一個保險套。

第一次到別人家裡吃飯有點緊張，但是李大哥跟大嫂都是親切的人。兒子思宇才一歲，為了專心帶孩子，大嫂離開百貨公司成為家庭主婦。這是一個傳說中的普通幸福家庭，我的緊張很快就變成安心。

這是我在台北工作之後第一個交到的朋友，感覺是很好的開始。

MON.

我要寫下來，寫下來忘掉剛剛的厄夢。

我今天也到李大哥家裡吃飯。晚上我夢到跟李大哥上床。高潮過後赤裸的他變成大嫂，張著血盆大口向我撲來。我嚇醒之後再也睡不著。

SUN.

意識到恐怖，想找一個地方躲起來，想起這個樹洞。但我一度不敢打開這個樹洞。已經過去一年多了，李大哥跟大嫂都對我好，請我吃過太多次免費晚餐。思宇本來很怕我，現在會拿玩具來找我。我其實很想趕快離開李家，但是我被這股溫暖和溫柔抓住了。我想要理解的愛都在那裡，我人就在那裡，我卻寫不出來。

只要李大哥一靠近我，一個友善的微笑或是鼓勵的拍肩，一切美好就衰變為性，沒辦法停止想像大哥跟大嫂的房事。我想帶入那個角色，愛卻給我更大的反彈和反擊。我背叛了大嫂。一旦想到背叛大嫂，以前夢到的厲鬼就會從意識的暗角迎面衝出。

曾經以為愛是舒服到令人難過，我真的太天真。那麼亙古難解的形上謎題，怎麼會只有一種面貌？如今我確確實實被愛著，被李家興、曾婉馨、李思宇，溫柔像鐵處女一樣擁抱我渾身劇痛。錯誤的慾望刺穿我。

我應該離開，但我忍不住再次走向那間屋子，將自己推上斷頭台。

SUN.

雖然李大哥再三邀請，我鼓起勇氣拒絕晚餐。突然空出的晚餐時間，跟不去新店的時候一樣，超商或五十元便當。大學嗤之以鼻的，現在是我的寶。離家快三年，別說孝親費一百萬，連寄回去十萬都不到。回到住處，上網約砲都不敢，鄰居的叫春是什麼時候消失的？

SUN.

翻了BIBIE，感覺過去發生太多事情沒有記錄下來，應該要補上，像是大學進入詩社之後，又無意間開始約砲之類的，或是把爸媽誘騙我接下工廠的連環計寫得更詳細。仔細一想，這本印錯封面的日記本只會有我看到，難不成會變成你的小說嗎？你說是吧？你正在看吧？當我不再用「祢」稱呼你，你就已經不能左右我的人生了。也許其他神明還可以，就你，我絕對不會把靈魂交給你。也請你不要再擺佈我。世界上有成千上萬的迷途羔羊等你指引，所以請你離我遠一點。

……真是寂寞過頭了，我竟然又開始跟那個上帝說話。我會改進，像是遠離李家的大門那樣。我辦得到。

FRI.

突然重感冒，四肢肌肉痛到想大叫，因為發燒讓眼淚鼻水齊流，連下床都痛苦。不得已打電話請假。打開電視播新聞台，想知道世界跟時間還有轉移注意力，看到一個阿兵哥退伍前中暑關禁閉到死，新聞台音效太吵我立刻關掉。

如果，現在我就這麼死在這裡，會是誰第一個發現我的屍體？第一個念頭，又是李家興。為什麼？為什麼是他？我只是想愛、想知道愛，為什麼偏偏愛他？我的惆悵像口袋小說四十九元那麼廉價。我的愛又值多少呢？

不如睡去。不如死去。

SAT.

不知道睡到何時，手機鈴聲和敲門聲把我吵醒，開門準備用最後的生命飆罵，出現在眼前的是李大哥。他風一樣的出現，風一樣的離開，空氣清淨許多。看來我太久沒開窗了。

兩碗雞湯、兩顆蘋果、一盒伏冒熱飲。我不知道從哪下手。

他站在門口沒有五分鐘，但我會永遠記得，那一刻是他站在門口。

SUN.

禮拜四發生怪事。因為要見某個重要客戶，主管派我跟李大哥一起去充充場面。就算李大哥舌燦蓮花，對方最終還是一句再想想。

不知道怎麼對主管交差，我們在客戶附近閒晃想藉口，一走就走到巷子裡。有聲音在叫我的名字，只有我聽到，李大哥毫無反應。越接近巷尾，聲音就越清楚。巷尾有一間廟，廟口的阿伯長得恐怖。雖然當業務什麼人都看過，但那張臉完全媲美電影特效，嚇出新高度。阿伯看著我叫我的全名，叫我趕快上香，說什麼「萬應公快把我吵死了。」

聽到他說話，我像是被下指令一樣上香。自從阿公在我小時候過世之後，這是我第一次拿線香。線香很輕，好像我沒捏緊就會從我手中飛走。

李大哥抓住我的手，喝斥阿伯不要裝神弄鬼。阿伯叫出李大哥的全名，要他離開，否則後果自負。李大哥是不能激的，何況今天案子沒拿下來，他心情不爽朝對方罵髒話，說走著瞧。阿伯對他說：「我們會再遇到。」

禮拜五李大哥沒來上班，我很擔心，但不敢主動聯繫。那天晚上我做了個夢，夢到李大哥捧著一件小洋裝，捧到禮拜四遇到的小廟前，一直磕頭。夢境很詭異，我希望這是個相反夢。

SUN.

現在打開 BIBIE，發現以前萬應公廟的紀錄，老實說我都記不得了。沒想到已經過去一年了，我沒有真的離開李家，還成為小孩的乾爹。

禮拜二和李大哥一家在外面吃飯，大嫂突然肚子痛，說還不是預產期不要在意，但我立刻打電話叫救護車。雖然是早產，但是母女均安。大嫂堅持答謝我，要我做他們小孩的乾爹。想在樹洞裡面做個難得的美好紀錄，卻看到以前那個奇怪的夢境紀錄。

本來皆大歡喜的情緒，突然被這個夢境搞得我心裡沉重，我真不該去那間萬應公廟。天真的我居然想到用聖水為自己驅魔。我找個時間去行天宮收驚看看，不知道會不會有效。

SUN.

禮拜三我去收驚。收驚很奇妙，老奶奶穿著藍色長袍，拿著線香，在我上下前後搧來搧去，喃喃自語。過程大概三分鐘，我卻排隊三十分鐘。隊伍裡面男女老少都有，還有人帶小孩衣服。我真該幫思妤準備一件一起收驚。說也奇妙，胸口壓抑滯悶的感覺不見了，是心理作用嗎？

我跟李大哥分享，他說他從小在萬華區的宮廟之間混到大。他相信世上沒有神跟佛，只有拳頭跟舌頭。叫我不要太迷信，玩玩就好。

SUN.

李大哥最近很不走運，他手上有一些老人客戶，最近不斷向公司索取保費，被公司當作麻煩製造者。之前我就跟李大哥說過，這些老人早晚出事。但他總說老人最好下手，要我多學著點。是因為經濟壓力要走險棋嗎？真讓人擔心。

媽叫我有空多回去苗栗，我直接說沒錢。她說要偷塞錢給我完成挑戰。說真的，這兩三年來我不曾再寫詩了，早就把繼承挑戰忘到腦後。同年的，甚至後輩的名字出現在書店，我內心也波瀾不驚。也許我的本命就是要來見證愛的模樣。顏女士愛王先生，李家興愛曾婉馨，他們相愛的模樣。自思妤出生後，我不再對李大哥有邪淫的念頭，我甚至懷疑自己也得到愛的能力。是父愛嗎？我以身為思宇和思妤的乾爹為榮。

SUN.

禮拜四李大哥和分公司負責人大吵，被炒魷魚了。當時我想要替他說情，李大哥還制止我，叫我好好幹下去，爭取自己的人生。

我的人生到底是什麼？大學畢業四年了，都足夠再讀一次大學。現在的大學生都衝立法院搞個太陽花運動了，我連自己的人生是什麼都不知道。二十六歲，怎麼不比十六歲快樂。還以為寫詩天才就像謫仙李白，聽著張懸和鄭宜農覺得自己不過爾爾，人家還能寫歌，我現在連音符都不會認。

下週決定搬去新莊住獨立套房，逃離這個破木板隔間。決定再也不寄錢回家後，過得還不錯，開始有所不同的生活，李大哥卻不在公司了。

SUN.

應該從哪裡說起呢？我覺得自己被下蠱了。但是到底是被這本樹洞，還是被大嫂下蠱，我已經搞不清楚了。

搬到新莊之後，我到處找不到這本樹洞，想著如果因為搬家丟掉就算了，當作人生重來。搬來快一年，這本從保險特考書堆中掉出來，大嫂就找上我。她說李大哥瘋了，自從被炒魷魚之後到處找不到工作，也不肯回去萬華檳榔攤工作。最後被人慫恿，開始進出他以前最痛恨的地下賭場。本來有贏錢，後來輸更多。但他停止不了最初贏錢的快感，到處求神拜佛，最後甚至從小廟請了一個「公」回家。大嫂受不了，就帶思宇跟思妤逃回娘家。

聽大嫂轉述，李大哥豈止是瘋了，根本變成另外一個人。我還記得他說他不信神佛，只認拳頭跟舌頭。我也還記得，他有多疼愛大嫂跟孩子，怎麼可能本末倒置，棄妻小不顧。

真正瘋了是大嫂，她早就看出來我愛李大哥。她說：「你看著他的眼神，就是我看著他的眼神。」但她從來不過問。今天她來找我，說是救她一把，也救李大哥一把，甚至救我自己一把。她的瘋狂計畫是先跟李大哥離婚，然後跟我再婚。她可以藉此勸退家族的逼婚，還有企業聯姻的追求者，用假結婚的方式保住李大哥原有的位子。她還可以動用關係，幫我完成挑戰、繼承食品工廠。等到李大哥回歸「正常」，我再和她離婚，她可以和李大哥再婚。

我不知道她真正的家世背景，也不知道她怎麼辦到，但她說她辦得到。為了她此生唯一的愛，她必須辦到。

「要是你跟我一樣還愛著李家興，你一定要答應。」大嫂這麼跟我說，我竟然無言以對。李大哥居然娶了一個可怕的女人。

SUN.

關於大嫂的瘋狂計畫，我想了整整一個禮拜，甚至忘記正在上班，漏掉很多客戶訊息。大嫂三番兩次打電話，人又直接來公司找我，說她父親狀況不穩定，我沒有多少時間可以考慮。娘家已經開始幫她安排相親，被迫離婚一事勢在必行。我說也許可以向李大哥說明這些事情，好讓他重新振作。大嫂說現在的李大哥不可能聽得進去。

禮拜五晚上，我拎著兩碗雞湯去新店。門鈴不應，門鎖沒鎖，我進去一看，裡面不再是窗明几淨的那個家，全是烏煙瘴氣。香菸味鑲進牆壁，垃圾散落一地，李大哥窩在沙發上熟睡。他曾經用這個姿勢哄著思宇午睡，現在則是抱著酒瓶不省人事。

已經一年不見了，我抓著他的手，想趁他熟睡說一點心裡話，卻難以言語。雞湯放桌上後我把垃圾打包丟掉，不論整理垃圾的聲音多吵都吵不醒他。總感覺角落有個東西讓我很不舒服，加上無法面對面交代大嫂的計畫，我只好摸摸鼻子趕快離開。

SUN.

跨年後沒多久，富可敵國的何永揚剛過世，所有新聞媒體、社群網站沸沸揚揚地討論天堂集團的繼承權，大嫂就穿上黑色素服。我才知道為什麼她之前這麼焦慮不安。這種家族一旦起了紛爭，絕對不是鄉土劇等級，而是國安危機。如果她姓何，李大哥怎麼有機會和她結婚？如果她不是何家的人，大嫂又怎會害怕失去婚姻自由？

司馬相如和卓文君的愛情故事，搬到二十一世紀是這種結局：才子烈女，攜手成家，也敵不過金錢家累。以前中文系讀的書，職場上一點用都沒有，情場上卻浮濫到不勝唏噓。

我答應一個月後陪大嫂去律師事務所簽離婚，到時候我也會向李大哥說明這個瘋狂計畫和我的心意。希望他早點振作起來。

SUN.

明明還是冬天，我卻無端遇到午後雷陣雨，只是回家換衣服，竟然錯過李大哥的離婚手續。等我趕到事務所，只剩下曾婉馨一個人。她跟我說，不需要向一個廢人說明這些。聽到她說的話，我怒捶玻璃桌，想威嚇她說話注意一點。結果玻璃桌和曾婉馨紋風不動，我的左手整天腫痛。

曾婉馨命令我一個月後簽字結婚，為了避免家族起疑，我和她跟思宇、思妤要一同住在士林，日常生活各自處理。在這之前，叫我趕緊回去和爸媽說結婚的事。

她說她所做的這一切都是為了李家興，我不確定。對於她剛才跟自己所說「此生唯一的愛」離婚，那個女人的口氣冷靜到讓人恐懼。

SUN.

太久沒回苗栗，看到爸媽才想起來自己是一個人回來，不太自然。畢竟回家目的是告知結婚，至少帶著未婚妻一起才正常。未婚妻嗎？我和他們說明我要結婚，他們第一個反應是問我是不是遇到詐騙集團。這個名詞真貼切，其實我和曾婉馨才是詐騙集團。一男一女，各取所需，再也沒有比這更加天經地義的婚姻，連真心相愛的同性戀都沒辦法。

我把婚宴邀請函交給他們，媽喜上眉梢，爸臉色鐵青。睡前爸來房間找我，先是道歉他錯過我的童年、少年，還好沒有錯過我成家立業。話鋒一轉，希望我繼承工廠之後，不論經營還是脫手，所有獲益可以分他對半。我搞不懂他的三觀，也不想搞懂。孔子說：及其老也，血氣既衰，戒之在得。他老了害怕失去嗎？

半夜媽也來找我，一把鼻涕一把眼淚。我說我又不是嫁出去，她說我結婚還是住台北不回家，跟嫁出去差不多。然後又說以後千萬不要把錢給爸。我說我已經答應爸了。媽說我傻，沒看到爸又開始喝酒，之後說不定又開始玩女人。

說到底，你見證的婚姻，雖然我知道有效期，但也太短了吧？你的萬能是不是也早就過期？如果是，你就果斷分開王先生跟顏女士吧！如果不是，你能救救李家興嗎？那個曾經無比溫柔顧家的可憐男人。

假聖經，你到底不是我的天堂，而是我的樹洞。這次回台北，我會再把你藏起來。如果你真的萬能，請你給我一點神蹟。

SUN.

終於能有一次重新翻出樹洞，是紀錄美好的事情。本來以為那個女人的計畫只是為自己算計，沒想到一如約定好的那樣順利。她避開家族逼婚、我繼承食品工廠，還把爸媽送去加拿大定居。現在有人替我經營工廠，我不必工作，大把時間可以寫作、進修、參加座談。現在的我自由自在，沒有經濟負累，也沒有傳宗接代的壓力，甚至可以每天去不同家三溫暖。

這一年多，李大哥也開始振作，他說他有好好工作，至於什麼工作卻絕口不提，直說有賺錢不用擔心。現在，李大哥每個月底都會帶思宇跟思妤去士林兒童新樂園玩，我不知道為什麼他那麼執著兒童新樂園，雖然思宇都吵著玩膩了。

李大哥說自己不再抽菸喝酒，其實我聞得到他身上留著菸酒的臭味，而且臉色還是很差。還有，那個女人不如我想像中期待每個月底的家庭日。知道李大哥要來接孩子，曾婉馨都會找藉口躲著避開他。

FRI.

剛剛看了同性婚姻釋憲法庭全程轉播，心裡五味雜陳。這段日子我沒有寫出什麼好作品，也沒有當好一個繼父（或乾爹），甚至不能稱為「丈夫」。我過得很富有，但我其實不自由。

李大哥表現再好，那個女人都不願意見他一面。當初說好的「救李家興一把」呢？

SUN.

剛哄完思宇跟思妤去睡，我找到時間跟那個女人好好聊聊。我說如果這兩年同志婚姻修法，而我的任務也達成了，我會考慮離婚，而且期待她跟李家興復合。

我沒料到那個賤女人抓著我的手貼上來，問說難道她不是有魅力的女人嗎？隨後又說男人浪蕩成性，誰會真的願意跟我結婚相陪一輩子。叫我照照鏡子，不要癡人說夢。太噁心！太噁心！太噁心！我罵她破麻賤女人，我以為這些日子以來，她跟我一樣隱忍等待。沒想到只剩我還在愛，我還在愛那個可憐男人李家興。

明天我就會把那個賤女人送我的東西全都丟了。可以的話我就把她最重要的也丟了。

TUE.

是詛咒吧？我很確定我被你這本樹洞詛咒了。還是萬應公詛咒他？我不相信。就算要我跟曾婉馨上床，我也不相信這件事情。神，上帝，耶和華，求求你告訴我這是假的吧？你要對我這個不義之人懲罰吧？你懲罰我就好了　就好了　就好了

把思妤還給我　我可以把命給你　求求你　把思妤還給我！！！

對不起　李家興　對不起　李思妤

對不起　對不起　對不起　對不起　對不起

求求你，全能的神，我求你把李家興跟李思妤都還給我

第八章

撞見家盛的剎那，家興有一股強烈的預感——接下來會是一場夢，不論是令人陶醉的美夢，還是不願正視的噩夢，都會一場精彩刺激的幻境。然後，夢會結束，人會清醒。

家盛一見到二十年不見的大哥，立刻不顧手邊工作，拉著大哥想要敘舊。站在店門口，家興不發一語地抽著菸，聽著弟弟鉅細靡遺交代兩人分別後的生活——母親下定決心戒賭，又好幾次破功。兩人靠著學校營養午餐勉強餬口。某天母親又忍不住賭癮，趁家盛不在家，把家盛打黑工存下來當高職學費的私房錢全部帶走，從此成為失蹤人口。

「因為賭博失蹤？怎麼跟李國興一模一樣？還真是天造地設的一對。咳、咳……」一口氣抽完五支菸，家興開始咳嗽。平常交際應酬才抽菸的他，今天抽的菸已經超過平常。「你怎麼沒有回來找我跟阿嬤？」

「我想啊，可是我回去南港找不到你們。而且我怕被爸打死。」家盛直率的言談跟笑容，讓家興不由得羨慕。

「那杜文文，我是說，媽媽她有留下欠債嗎？」想起李國興那混帳留下的鉅額債務，家興也為弟弟擔憂。

「老實說，我也不知道。媽不讓我知道她去哪裡賭錢，她怕我去找她。她不見我也不敢報警，我怕爸會氣沖沖來抓我。」家盛說完，給自己點一根菸。家興明白接下來是他的時間。

簡單把搬家、失蹤、欠錢，還有最近終於還清債務交代一遍，家興猶豫一會兒，還是決定告知自己已經結婚的消息。家盛說期待大嫂來自助餐廳吃飯，還指向餐廳裡面，長相平凡無奇像是生來讓人遺忘的打菜員工。那女人見家盛看著她，也歡欣地揮手回應。家盛邊揮手邊說：「我也準備要娶老婆了。她是老闆的女兒，我追了好久。老闆說她只有一個寶貝女兒，我答應入贅的話，才可以結婚。」

「你這哪是娶老婆？明明就是嫁老婆。恭喜你啦。」看著弟弟也脫離上一代的詛咒，過自己的新生活，家興覺得這一切都很好、太好，好到不用再追究母親的背叛。被菸燻到的雙眼緊閉，再睜眼時弟弟還在，對著自己爽朗地笑。夢已經結束了吧？結束了吧？

＊＊＊

下班後，家興又特地去弟弟的自助餐店買便當回家。婉馨當專櫃小姐，薪水雖然可觀，事情也很繁重。同樣是向人推銷，婉馨的職場環境讓家興覺得更艱難。一個手藝不精的老公，最好準備現成的晚餐、整理好家庭，等老婆回家，告訴她今天的好消息就好。

氣喘吁吁追到垃圾車的影子，回到家裡，看著明亮的客廳、乾淨的廚房、整潔的浴室、柔軟的床。家啊，這才是家。李國興和杜文文生活在一起的空間，根本就是豬窩；阿嬤家有僵硬的長椅、固執的榻榻米、陰沉的廚房和愛哭的浴室，雖然可以遮風避雨，但終究還是阿嬤的家。只有眼前這張皮革沙發、這組廚房系統家具、溫暖又有情調的壁燈，這全部，經過家興和婉馨挑選過的全部，才是家興心中的家。有乾淨舒服的新衣服，有讓兩人可以請假旅遊的工作，只差一兩個孩子，不論兒子還是女兒，可以好好疼惜，以爸爸和媽媽為榜樣，做個對社會有貢獻的人。

家興躺在沙發上小睡，陷入一陣皮與皮之間摩擦滯悶的柔軟，輕輕閉上眼睛。既不是忍氣吞聲的底層生活，也不是裝模作樣的上流日常。能有這樣的家，真是太幸福了。

「大乖乖，你怎麼睡著了？」家興睜開眼，最愛的人正在輕撫他的臉。

「幾點了？你吃過飯了沒？我幫你買晚餐。」家興起身為婉馨準備晚餐。在婉馨更衣的時刻，他盤算著怎麼開口家盛的事情，讓它聽起來是個好消息。

「那個……」

「那個……」家興和婉馨兩人同時開口，婉馨愣了一下，「你先說吧。」

「我今天在自助餐廳遇到我好久不見的那個弟弟，李家盛。」家興把熱好的飯菜端上桌，「他現在在這家自助餐店工作，明年就要結婚了。他說有空帶大嫂一起去吃飯，他請客。」家興指著桌上的飯菜說，心裡總覺得尷尬。

「你們二十年沒見了，他還好嗎？有你媽的消息嗎？」婉馨正要開動，聽聞消息驚訝地放下筷子。她沒料到家興和他母親有再見面的可能，就像自己一樣。

「他還不錯，氣色很好。但是我媽她跑去賭博，然後失蹤了。所以我們倆都不知道我媽的下落。」好吧，原本是喜訊，一扯上杜文文又變了個樣。「對了，妳有什麼消息要告訴我？」

「我想找一天請你陪我去看醫生。」這家的飯菜真好吃，婉馨心裡想。

「看醫生？怎麼了，哪裡不舒服嗎？」一向自立自強的婉馨，就算發燒也先看醫生才報備，現在要求陪她看醫生，讓家興緊張地抓著她的手直問。

「我、我三個月沒有那個來，可能有了吧？」婉馨才說完，家興忍不住高興地抱住婉馨，激動落淚。

＊＊＊

當婉馨要求，今年一家三口一定要參加何永揚的壽宴，家興心裡千百個不願意，也不得不答應。因為婉馨說的不是「邀請」，而是「要求」。就算拒絕千百次，到時候婉馨也只是換個方式達到目的，無所不用其極。這麼多年交往，先是穿著打扮，到結婚定居，還有孩子的養育，家興哪有一次不同意。

「我知道，我知道，妳都是為了我們好。」家興告訴婉馨，也告訴自己。至少婉馨是愛人，不是敵人。

準備好成疊的尿布、奶粉跟玩具，雖然提議把思宇交給保姆照顧幾天，但身為母親的婉馨堅持要帶兒子一起到「老家」過夜。年僅一歲的思宇，是閱童無數保姆口中的「天使寶寶」，但家興還是擔心，一旦孩子哭鬧起來，會不會變成何家眼中的「普通人」？

「你把有錢人想得太高貴了，他們就只是比較有錢的人而已。」看著家興眉頭緊皺，婉馨試圖安撫他，反而讓家興想起上一次踏進何家的大門，那個向他炫耀手錶的孩子。

家宴那天早晨，早餐都還沒吃，司機已經開著黑頭車到新店樓下準備接人。婉馨抱著熟睡的思宇先上車，家興則是一個人狼狽地提著兩箱行李和扛著嬰兒車下樓。司機端坐在駕駛座上，絲毫沒有意思要出手幫忙，讓家興心裡很不是滋味。

「小姐，夫人已經準備好早飯，想跟妳一起享用。」司機邊開車邊報備。看他熟練的駕駛技術，家興好想問他：他會作為黑頭車的駕駛而自滿，還是做為上流階級的僕人而自卑？

「那我的先生跟孩子，我媽怎麼說？」只喊了七年的媽，如今重新再說一次，該怎麼樣面對何曾茵茵，婉馨心裡大概有個底。

「夫人說孩子的事情不用擔心，這三天兩夜放心吃住就好。說妳好幾年沒回娘家，在婆家不知道受到多少烏煙瘴氣，都可以回家訴訴苦、消消氣。」司機的語氣有些挑釁，甚至瞥過一眼照後鏡裡的女婿李家興。

家興知道這擺明就是丈母娘的威嚇，也明白婉馨口中的何曾茵茵就是這樣的人。他緊握拳頭百思不解，過去總是迴避何家的婉馨，現在為何又要自投羅網？

謹記著婉馨的叮嚀，回到陽明山上的大宅院，過分沉默的家興不像平常能言善道的超級業務，反倒像是一板一眼的軍人。雖然無法暢所欲言，看上去也有幾分威武。雖然司機口頭上不讓家興好過，進了宅門之後一樣把他奉為貴賓。以服務來說，隨侍們把他們一家三口侍奉得很好。但是婉馨不苟言笑，讓家興一刻也不敢鬆懈。

「女兒，好久沒見到妳，瘦了好多。快來我這邊坐。」進入飯廳，沒有客廳和庭院的張揚鋪排，只有大張圓木餐桌，看來樸實無華。頂著一頭一絲不苟的髮髻，蒼白反而顯得輕盈，精神奕奕的何曾茵茵正對婉馨招手，從眉目之間得以想像她年輕時代的風采。這是家興第一次這麼近距離正視何曾茵茵，她風韻猶存，讓他不禁猜想婉馨老年的模樣。

對，她像極了婉馨。或是說，婉馨像極了她才對。

一旁挺拔的男子揮揮手，隨侍便招待婉馨和家興兩人坐下。相比何曾茵茵的氣勢，這人雖然高大，卻看起來無關緊要。不過看著隨侍們聽從指揮，以及坐在何曾茵茵身邊端正的姿態，看來應該是婉馨的大哥何榮光吧。

「妹婿，隨意就好。」何榮光對家興擺手，展現一家之主的親和。「你跟著婉馨叫我大哥就可以了。」

「岳母好，大哥好。這位應該是大嫂吧？大嫂好。」都還沒問候，就被何榮光搶先招呼，家興還是硬著頭皮問好。

「現在工作，沒人欺負妳吧？哪個男人工作不力，讓女人在外面奔波，不能在家相夫教子，那還算是個一家之主嗎？」何曾茵茵對家興的問候視若無睹，也不顧婉馨回應，一個勁兒自言自語。

隨侍把早餐端上桌，出乎家興所料，全都是清粥小菜：地瓜稀飯、燙青菜、醬瓜、香魚一條。菜色普通，一人一份，擺得精巧。最後端上一鍋羹湯，說是「翠玉白菜羹」，原來是菠菜小魚湯。

端著沉悶的尷尬進食，飯桌上人人噤聲。家興順著身邊的妻子看過去，婉馨和何曾茵茵泰然自若的吃飯，何榮光和其妻子舉止端莊，眼神卻對他有所打量。眼下再精緻的飯菜都沒了胃口，家興心一橫，乾脆狼吞虎嚥一番，以照顧思宇為藉口先行離開。

「唉，真沒禮數。」以為婉馨沒有攔他，應該不成問題。沒料到岳母當著他的面，見縫插針給他難堪。家興想要回嘴，卻看見婉馨猛力眨眼示意，只好趕緊閉嘴離開。

＊＊＊

飽食了一頓岳母的不賞臉，家興早餐吃得夠飽，一肚子悶氣。思宇被保姆照顧得很好，已經吃過奶還在熟睡。真好，世間險惡，爸爸都替你擋下來，你這小子只需要吃飽睡飽，好好長大，就是完盡現在的你能做到的孝順了。真希望我是你。

正當家興對著思宇暗自發著牢騷，管家冷不防出現在保姆室，說要帶家興去熟悉環境。還有什麼環境好熟悉，不就是客廳、餐廳、臥房跟庭院嗎？原先家興這麼想，管家帶領他走過半小時還沒結束，他的兩眼已經發昏了。入門看見的客廳、剛才用早餐的餐廳，不過是小小的待客室。樓上四層樓下兩層，富麗堂皇就像星級飯店。外表樸實無華的宅院，內在新穎便捷的設計，讓家興以為自己走在未來科技的樣品屋裡。

原來客廳可以不只一間、餐廳可以和廚房連接。娛樂室擺設目不暇給，所謂書房，更像挑高的圖書館。

貧窮限制想像。年薪百萬的超級王牌業務員李家興，以為自己所住的新店新建案三房兩廳兩衛浴，是晉升上流的象徵。哪知道他最喜歡小睡的客廳沙發，不過是何榮光書房角落積累灰塵的擺設。管家最終把家興留在書房，讓他等待自己的任務。

過沒多久，何榮光走進書房，頹坐在過軟沙發上的家興立刻挺起身板，對何榮光大喊：「何先生好。」

「家興，你太客氣了。不是說叫我大哥就好嗎？」何榮光隨興地擺擺手，坐到長過自己身高的柚木書桌前。家興看見何榮光坐下，才敢端正地坐下。

毫無預警，何榮光一坐穩，便開始把自己與弟弟何榮耀企業經營權之爭全盤托出，也把何氏家族的成員做成一本資料夾，送給李家興。這種「自己人」的表現，對於市井出身的李家興十分有效。受寵若驚的家興覺得自己備受重視，立刻對於這第一次見面的「大哥」展現肝腦塗地、死而後已的忠誠。這對何榮光而言，不過是習以為常的帝王術；對家興而言，卻是踏進何家大門的重要突破。

「我知道，媽總是嚴格要求小妹，甚至有點不近人情。你作為女婿，可能會不太高興。不過小妹今年終於肯帶孩子回來，她的想法應該有所轉變，只是對你稍微拉不下臉而已。作為女婿，可能要再請你多忍耐點。我們家的人都有一點怪脾氣。」何榮光對家興說話，總是客氣，一點都沒有大企業家的傲慢。光是這一點，家興十分心悅誠服。

「哪裡。當初婉馨來到我家，應該要保持聯絡，才能讓岳母放心。這麼重要的事情我沒有做到，所以岳母不高興也是很正常。只希望大哥多指點我，教我怎麼樣讓岳母放心。」說起客套話，是家興的日常語言。但今天不知怎麼地，好像別人的嘴巴長在自己身上那樣，難以控制。

「那麼從今以後，每年父親的壽宴，我需要你為我們何家作為門面接待，這個任務交給你可以嗎？」感受到李家興急於表現，何榮光確信這個小妹挑選的男人，不過是可以任意擺布的掌中棋子。接下來不須特別提防。

「這是我的榮幸。」家興忍不住站起來握拳欠身，感覺自己是手握寶劍的騎士，正在向自己的主君效忠。

何榮光點點頭，側過椅子準備起身，家興一個箭步上前，單膝下跪，親吻何榮光拇指上的翡翠班戒。這讓何榮光震驚不已：「你在做什麼？」

「啊？我在表示對您的敬意。」意識到自己似乎做錯了事，家興尷尬地說：「黑幫電影都這樣演。」

＊＊＊

當天晚上說是家內晚宴，宅院裡的家務工，下午三點就開始忙碌。家興依照婉馨的叮嚀搭配一套西裝，著裝完畢後無事可做，倚在窗邊閒看著家務工，像螞蟻一樣忙進忙出，突然發出感嘆。以天堂的角度來看，這豪門宅邸不過是一粒小米；以地獄的角度來看，也只是夜空中遙遠一顆不知名的星星。婉馨說的沒錯，這宅子裡的人，就只是比較有錢的人而已。可是為什麼，為什麼此刻的婉馨，也是處心積慮打扮自己呢？

傍晚，何榮光的兩個兒子開車來了，他們一個穿著街頭潮牌、一個穿著耶誕醜毛衣。接著，二房和她所生的三女兒跟女婿，帶著國小兩個外孫來了。他們一家三代五口，看起來輕鬆愜意，彷彿剛從遊樂園過來。二房劉美惠看起來明顯比大房何曾茵茵年輕許多，甚至讓家興難以想像，她居然有一個年近四十的兒子。

陪著大哥站在門口，迎接這些初見面的姻親，他們每個人，無一不用驚奇訝異的眼神打量家興。難道是我穿著太正式了嗎？家興對比自己與何榮光的打扮，都是正式的西裝，沒看出來有何不妥。二房劉美惠進門時，對何榮光說話客客氣氣，對家興卻是隻字不提，打量他之後笑了一聲便進屋，讓家興莫名惱火。三女兒何榮美，倒是誠誠懇懇與他握手，甚至兩手一起握，直說：「久仰大名。久仰大名。」這語氣一聽就知道，不是什麼好名。

最後，何榮耀駕駛敞篷跑車，載著壽宴主角何永揚，張揚緩慢地駛進大門。家務工站後排、何家人站前排，宅子裡的人們默契地排排站，準備迎接主角進場。何榮耀拉風地下車，摘下晚上六點還戴著的太陽眼鏡，他穿著顯眼的白色西裝外套，搭配流氣的碎花襯衫，和何榮光穩重的軍藍色西裝成為強烈對比。

「現在，掌聲歡迎我們的明日之星，何永揚先生出場！」何榮耀說完，打開副駕駛座門，白髮蒼蒼的何永揚笑得開懷，指指點點何榮耀。

「你看看你，快四十歲的人，還不正經點。」何永揚一邊接受何榮耀的攙扶，一邊笑著說教，看起來挺吃這一套的。在家興看來，何榮耀真是個屁孩。卻是越搞事，父母越疼愛有加的那種鬼靈精怪。

就在何永揚開始對家人慰勞，原先站在何榮美旁邊的家興，不知被誰拽了一把，讓他和家務工們站在一起。排在前排的何家人，逐一向何永揚祝壽，不論什麼身分，都會從何永揚手上，拿到一個紅包。就連宅邸的女王何曾茵茵，在何永揚面前也沒了傲氣，還趁機在何永揚面前讚美幾句何榮光的好話。

當何永揚走到婉馨面前，看見婉馨抱著思宇，表情又驚又喜，忍不住伸手捏捏可愛外孫的臉龐。說也奇怪，被稱讚「天使小孩」的李思宇，突然嚇得大哭起來。護子心切的家興，立刻從後排衝上前，擋在何永揚和李思宇之間，將思宇從婉馨懷中抱起安撫。

「嘖。」

「你是誰？沒看到爸正在跟孫子玩嗎？真沒禮貌。」聽到何永揚不悅的咋舌，何榮耀立刻罵人。

「爸，他是我先生，李家興。」隨著婉馨介紹，手忙腳亂的家興抱著思宇急急忙忙對何永揚點頭問好。

「你就是生日派對上擄走織女的牛郎喔。還以為帥到跟紅牌一樣，才把我妹搞得暈頭轉向。沒想到站在後排，長得一副窮酸，跟傭人一樣。」何榮耀越說越過火，在婉馨看來，這不脫是二房劉惠美的算計。這種小鼻子小眼睛的挑釁，比高中生還不如。

作為長子的何榮光正要開口解圍，家興忍不住開口：「您可真是狗嘴裡吐不出象牙。」本性同樣伶牙俐齒的他，可受不了單方面的挑釁。

「哼。」何永揚悶哼一聲，滿臉不悅地進屋。

「您還真是能言善道。」何榮耀不屑一笑，跟在何永揚身後進屋。

家興心底先是憤怒，再來困惑，最後坐在偌大餐桌的邊緣，他開始後悔，自己怎麼那麼輕易就踏進別人設好的陷阱。

＊＊＊

距離何永揚的壽宴，早就已經過去一個多月。不論怎樣埋首工作、照顧家庭，家興還是鬱鬱寡歡，百般忙碌中小作歇息，就會想起何曾茵茵對他不理不睬，以及何榮耀對他設局羞辱。

「經理？李家興經理？」一個高大的身影闖入他的視線，看起來是個新面孔。

「抱歉，剛才想事情恍神了。請問你是？」雖然對方看起來年輕，家興不失禮貌，趕緊起身和對方握手致意。

「經理你好，我叫王家恩，本來是莫一平主任帶我進公司，不過他上週被調動到其他分部。我太菜了，所以處經理叫我來向你討教討教。」這個目測超過一百八的男人，手握起來相對細嫩、生疏，或許是哪家公子哥下放民間來工作吧？還掛念著何氏家族的家興心裡想。

他打從心底輕視這位初次見面的公子哥，表面上還是依循處經理的交辦，帶著王家恩實際外出跑業務。兩人一來一往之間，閒聊各自踏入保險業的理由——錢。錢不是萬能，但是沒錢萬萬不能。沒錢，一家公司的搖錢樹，不過是另一個家族企業眼中的陰溝鼠。為了專心經營自我中心的風花雪月而離家，跟自己從小肩負父親賭債、長大成家立業相比，簡直是小兒科。不過江湖行走，朋友要多，家興雖然不喜歡眼前這個自以為徐志摩再世的大個子，也不討厭他對自己的坦然和信賴。

「有緣千里來相會。你跟我也算是有緣，今天要不要來我家吃飯？」家興開口詢問王家恩，他萬萬沒想到一句違心的邀約，成為他往後最想收回的引線。

＊＊＊

和王家恩搭檔以來，家興充分感受到什麼叫做「崇拜」。從小到大，為家庭、為班級、為工作，他可以付出一切；有人疼愛他，有人感謝他，但從來沒有人崇拜他。勞心戮力大半輩子，家興頂多是公司裡的王牌，卻沒想到只是教育一個菜鳥，就會變成深受注目的英雄。一句隨口的叮嚀，王家恩立刻掏出紙筆紀錄，將它奉為圭臬。就算把王家恩當跑腿使喚，他也心甘情願、使命必達。深愛的妻子未必如此，何況婉馨更像是愛的獨裁者。

原先，家興只是將王家恩當作溫室移出的花朵。現在看來，王家恩倒像是自己的信徒。這讓家興完全忘記來自親家的眼光，反而增添不少自信，感覺自己無往不利。

「李大哥，今天一起吃午餐嗎？」每天公司晨會結束，王家恩都會這麼問。家興看著他，心裡想著：最近太得意忘形，新到手的案子都施恩給這個跟班。我畢竟有家要養，而且婉馨才剛決定離職，成為全職家庭主婦。我更應該多賺點錢，當個稱職的一家之主，好讓何家認同我。「李大哥，還好嗎？」

「我、我今天有些事情，等下就離開公司。午餐晚餐就先不約了。」是錯覺嗎？怎麼看到跟班失望的表情？「你客戶的資料都輸入了嗎？保單都背熟了嗎？有信心自己做陌生開發嗎？」之前塘塞新人也常說同樣的話，不過對自己的信徒說這些，好像有些殘忍。老鷹訓練幼鳥飛翔，不是也把幼鳥推落山谷嗎？變強吧王家恩，我可沒辦法罩你一輩子。

那麼，是時候該來收回名為「親情」的網了。家興落下眼前的信徒，拉平自己的襯衫，穿上精心挑選的西裝外套，趕赴和家盛跟家盛的岳父相約的飯局。

＊＊＊

「祝你生日快樂！」阿嬤、婉馨、家盛、弟媳和王家恩，一起為家興慶生。阿嬤抱著思宇，領著拍手歡呼。全家人圍在家庭料理的包廂，雖然略嫌擁擠，家興依舊感到十分滿足。本來以為不會再見的弟弟，時隔多年重新融入家族。是啊，何氏家族人多、有錢，足夠興旺三代，但是為了錢，兄弟勾心鬥角，我和弟弟可不會。從今往後，我們所建立的李氏家庭，或許看起來平凡，至少我擁有平凡人的幸福。婉馨的手握著家興的手，一同切下充滿鮮奶油的蛋糕，家興的心中百分之一萬確信著。

到了拆禮物時間，阿嬤依照慣例，塞給壽星一個厚實的紅包。家興不必打開也知道，裡面是一疊百元鈔票，年紀多少決定張數多少，說不上是闊綽，卻是阿嬤三十多年來不變的疼惜跟祝福。家盛和弟媳合送一台肩頸按摩器，王家恩則是送一條棗紅色蠶絲領帶，和一支純銀領帶夾，頗受阿嬤稱讚，最後，婉馨拿出一個長方形紙盒。

家盛低聲一句：「不會吧。」聲量極小，家興還是聽得一清二楚。他心裡明白，婉馨一旦決定好就不顧旁人眼光，她就要這麼做。

家興故作期待打開盒子，裡面是一雙真皮雕花牛津鞋。婉馨老早就想換掉家興那雙磨損過度的皮鞋，說要買雙雕花鞋給家興襯托氣質。家興卻嫌棄雕花鞋「太娘」，總是避開不穿。現在，大家都知道他有一雙雕花鞋了。

「送鞋子不討喜、不討喜。」阿嬤果然率先發難，家盛和弟媳面有難色。

「李大哥穿這雙鞋子一定很帥。」家興和婉馨還沒出聲，王家恩立刻跳出來緩頰。

這讓家興大吃一驚。

「阿嬤，婉馨的品味妳知道，她內行的啦。而且我們年輕人送禮物，比較百無禁忌啊。」王家恩插話打亂家興的思緒，作為聚會的主人，自己還是得說說話來顧全大局。家興打量著每個人的神情——阿嬤把玩新鞋，弟弟和弟媳面面相覷，王家恩正在看向他和婉馨，婉馨則看著王家恩。

婉馨這時候通常已經向阿嬤好言相勸，怎麼突然不說話？為什麼看著王家恩？意外的場面再次打亂家興的掌握，他想說些什麼，卻說不出來。

「好像有東西。」阿嬤邊說，邊從鞋筒裡掏出一把鑰匙。鑰匙並不大，上面還有標誌，似乎是一把車鑰匙。「這個是賓士？」

「對了，大哥交代我轉達，祝福你三十二歲生日快樂。他要我把這個交給你，我怕忘記就放進盒子，沒想到還真的忘記了。」婉馨語帶輕鬆地說出預備好的台詞，在場每個人無不驚訝，只有家興笑得僵硬，合不攏嘴。

「謝謝大哥、謝謝大哥……」家興從阿嬤那邊接過鑰匙，抓得死緊，反覆對一個不在場的人道謝。

＊＊＊

開著耀眼的新車到公司準備晨會，每個見面招呼的同事不免發出羨慕的讚嘆聲。家興知道，公司裡厲害的業務不單單他一個，每天穿得起訂製西裝、開著百萬車款的同行大有人在，但他今天感覺自己的特別——特別努力，所以特別值得——從人渣父親欠下的負債地獄中脫困，賺回自己的兒時天堂侯家在，賺到自己挑選的電梯大樓住家，賺到自己的第一台汽車……不，從還債、侯家在、房貸，還有自己第一輛機車，甚至第一輛汽車，這全部都是何家的金錢支援。

可是，我不去努力，我怎麼得到支援？可是我不斷努力，只憑我也得不到眼前這些。家興緊緊握著車鑰匙，他好喜歡，也好討厭。他好喜歡掌握方向盤，但他也好討厭手中的方向盤，似乎不聽他掌握。

「李家興經理？」主持晨會的處經理不知道叫喚家興多久，聲音開始有些不耐煩。

回過神來的家興急忙從座位上起身，甚至差點重心不穩跌倒，一旁的王家恩立刻扶正他的腰。掌聲如暴雨般降下，原來是表揚他當季又是最快達標的業務。這些成績，都是他一個一個登門拜訪、雙腳跑出來的，沒有理由自卑啊。家興亢奮地掂掂腳跟，鞋墊的回彈感讓他很陌生，這才想起今天穿著婉馨送的雕花牛津鞋。

「請上台跟大家分享一下你蟬聯達標冠軍的秘訣。」

家興接過麥克風，新鞋包得太緊不舒服，想不到能說些什麼。閉上眼皮想擠出一些漂亮句子，卻浮現何榮耀給他難堪的那張臉。他嚇得趕緊張眼，王家恩正在萬分認真地等待他的教條。

「我並不是什麼好家庭出身，從小就吃過很多苦頭。我的工作，可以幫助別人不要像我小時候一樣辛苦，可以平安長大。努力地人，值得回報。特別努力的人，值得特別好的回報。期望大家也一起努力達標，享受你的值得。謝謝大家。」演講語無倫次，依舊撐過這種場面。家興只想早早結束晨會，早早開始一天的行程。他迫不及待工作賺錢，迫不及待成為更好的自己，不一樣的自己，讓何家的人刮目相看的自己。

＊＊＊

早在十一月，何榮光親自致電家興，邀請他們一家三口參加隔年一月何永揚的壽宴。家興滿口答應，志得意滿地回覆不用派司機來接，到時候開車前往。家宴那天早晨，早飯都還沒吃，家興故作從容地拿出萬華濟安的草藥茶作伴手禮，分別送給何曾茵茵和何榮光。何曾茵茵一改嚴峻的神情，露出家興少見的慈藹笑容，說了一句：「謝謝。」

從岳母的一句道謝開始，家興感覺自己不再和這個大宅院格格不入。他甚至有了屋子裡通行無阻的感覺，好像他本來就是這個家的一份子。

今年，家興被安排與何榮光站在一起，迎接其他「家人」。這些「家人」見到他，也不同於去年對他愛理不理，或是語帶玄機，只是一如平常般對他招呼。

尤其何永揚到來，特意拍拍家興的肩膀嘉許道：「聽說你工作很認真，真是不錯，不愧是我們家的女婿。白手起家不容易，這個當作給自己一點獎勵吧。」何永揚從懷裡揣出紅包交給家興，家興才想起去年自己頂撞岳父，沒有拿到紅包。紅包薄薄一個，捏起來沒有實感，對家興而言，意義卻非常重大。

「啊，我來晚了。爸生日快樂！」一輛紅色跑車疾駛而來，甚至差點撞傷守門警衛。何榮耀身穿飄逸的大衣，上前給何永揚一個擁抱。又是一次浮誇的出場，吊兒郎當的模樣，真的是大哥的競爭對手嗎？家興心想，嘴上便不問候。何榮耀突然把手伸向他，家興急急忙忙接下他落下的東西——一把車鑰匙。

「幫我把車停好，小弟弟。」何榮耀扶著何永揚進屋，頭也不回地說。

「他是你妹婿，你怎麼叫妹婿停車呢？」何永揚指責何榮耀的不是，口氣並不嚴正，也隨著兒子的攙扶進屋。

「是喔，我還以為是大哥新請來的泊車小弟。」走遠的何榮耀回頭瞟過家興，大聲說道。

氣急攻心的家興高舉車鑰匙，準備朝遠方扔出憤怒，卻發現何家的每一雙眼睛都正在看著他，從何大夫人曾茵茵，到妻子曾婉馨。是啊，這樣的人，才能成為一家人。他們都是天鵝，我一隻癩蝦蟆攪和什麼呢？家興氣餒的放下手，無從反擊的他，只能接受這等事實。同樣坐在餐桌的邊緣，家興打開何永揚的單薄紅包，一百萬的支票。這樣簡單、俐落，甚至粗暴。

＊＊＊

年節過後，新的一年，新的業績目標。家興走進公司，看著一眼空白的榮譽榜他的名字被放在上面好幾年，每一年都是第一個掛上名條，每一年都被撤下。努力追逐第一，在別人眼中不過如此。這裡的第一，比不上那裡的第二。人人說人比人氣死人，但是人人都愛比，只有去比，才有價值。男人的價值，在於給他的家族帶來多少榮耀。啊，榮耀嗎？能像何榮耀那樣玩世不恭該有多好？但一個男人的價值，果然還是以家為優先。如果連家人都顧不好，又怎麼當一家之主呢？

又怎麼能被愛呢？

我到底為什麼被曾婉馨愛著呢？我到底憑什麼被曾婉馨愛著呢？家興看著手機桌布的一家三口合照，那是思宇少見的對鏡頭微笑，家興和婉馨還在狀況外的表情。平凡的幸福嗎？我很幸福啊。可是為什麼，這麼努力工作，我還不能感受到幸福？

聽說你工作很認真，真是不錯，不愧是我們家的女婿。何永揚的話語突然刺入家興的腦袋。是啊，光是這樣就足夠了。婉馨愛著我，我愛著婉馨，讓愛延續下去，只是這樣罷了。比不上別人家的第二名，沒有關係，成不了第一名也沒有關係，只要家還在就好。錢賺了，家就在了。家在了，幸福就在了。

「李大哥，新的一年，有什麼新的計畫？」王家恩又竄出頭，這小子真是陰魂不散。

「你想不想見識見識，什麼是王牌業務員的陌生開發？」家興自信滿滿的說道，王家恩點點頭，家興二話不說，立刻改騎著機車，載著王家恩到萬華。這裡還是和以前一樣，雞鳴狗盜、人中龍鳳，龍蛇雜處在一塊。就算要移位停車，還得小心別人機車尾翼底下暗藏圖釘。

「李大哥，這裡是龍山寺對吧？我們回來找阿嬤嗎？」儼然融入李氏家族的王家恩，很快就發現兩人回到家興的故鄉。只是，既然作為業務員的故鄉，這裡肯定已經陌生開發過，又怎麼能稱作「陌生開發」呢？

「你來幫我做個紀錄：每成一張單，我就請你吃一次飯。不成單，我就請你喝一杯青草茶。怎麼樣都划算吧？這個月要是談成十張單，超過的都算你的。」家興一時興起立誓，捲起袖子好像不畏春寒，「陌生開發第一點，就是當自己人。就算不是，也要像自己人。」

王家恩聽從指示，和家興保持距離，觀察王牌業務員的一舉一動。從龍山寺開始，家興走進每一間萬華的宮廟，一邊參拜，一邊靠近那些有求於神的落單老人。這些老人起初對於家興靠近，紛紛投以防衛的眼神。有些直接轉身走人，但有些轉向牽著家興的手，開始痛哭流涕。王家恩很快就領悟家興的戰略，但這個戰略方針令人不安。一整天下來，家興得意地說，明天最快可以簽下三張單子。

「不過我也被拒絕五六次，可以通融一下，改請你吃一頓飯嗎？」對於發誓，家興還記得清清楚楚，看來是鐵了心要實施這個戰略。

「李大哥，這樣會不會太冒險？我看這些老人家，都是急著想要錢。要是他們被逼急了怎麼辦？」王家恩忍不住把心底的擔憂告訴家興，希望他能回心轉意。

「看看談單子的是誰，李家興耶。我們自家的保單，我都滾瓜爛熟了。到時候讓他們拿一點錢也是正常的，不會有事啦。」家興一邊說，一邊走像機車停車處。隔壁那輛尾翼貼滿圖釘的機車已經不在，取而代之的是開著電動車的刮刮樂攤位。

「這位捲袖子的先生，很帥氣喔。要不要來一張刮刮樂，可以去霉運喔。」攤販老人向兩人招手，老人穿著擁腫，還戴口罩，看起來很怕著涼。眼尖的王家恩，總覺得眼前老人和李大哥有幾分相似，卻說不出來。

「去你媽的霉運，死老頭，叫人賭博的都去吃屎。」家興突如其來的髒話和咒罵讓王家恩目瞪口呆，老人則是哈哈大笑。

「請你去霉運，不用那麼生氣。可惜啊，命裡只能有一個孩子。選錯了，就都沒有了喔。」老人拿起刮彩券的圓形鐵片，從圓孔中瞄準家興。

「裝神弄鬼。看你舌頭厲害，還是我的拳頭厲害。」家興假動作要揍人，老人倒是不慌不忙，樂呵呵地開著電動車離去。

王家恩一切都看在眼裡，對突如其來的鬧劇不敢多說一句。他心知家興痛恨賭博，也耳聞萬華無奇不有。性格驟變的李大哥，妖言惑眾的老人，但這一切已經超出他的認知了。

「小子，嚇傻啦？這還好啦。遇到瘋子就要比他更瘋，知道嗎？」看著發楞的王家恩，家興拍拍肩讓他回魂。不過「命裡只有一個孩子」，這句胡說八道挺讓人在意的。

＊＊＊

依照原定計畫，家興以高明的談話技巧，單月就拿到十張保單，再度蟬聯當季冠軍。是為了家庭拼命嗎？已經是年收百萬的人了，還有需要積極推銷到這種程度嗎？王家恩看著門口的榮譽榜，看起來和補習班的榜單沒有差別。也許，李大哥就是喜歡當第一吧？

趁著自家王牌氣勢如虹，不知道出於期許還是妒忌，處經理決定把一位出了名的刁鑽客戶，囑託給榜首李家興。家興志在必得出發，卻碰了一鼻子灰，被對方恩威並施的一句「慢走不送」，中止家興引以為豪的連勝紀錄。

「虧我在全公司面前誇口說一定拿下，誰知道對方軟硬不吃。喂？你這小子要去哪？」家興正準備點一支菸大吐苦水，身邊那個奉自己為神的跟班小弟，著了魔似的越走越遠。

家興尾隨遊魂般的王家恩，一路走到不遠處的巷尾。巷尾三角窗有一間小廟，如果不是未上漆的匾額寫著「有求必應」，還真分不清楚是一間萬應公廟還是土地公廟。

只見滿臉肉粒的老人對王家恩招手。就在王家恩從老人手中接過線香，家興一個箭步上前，死命抓住自個兒跟班的手腕——拜不得！有股冰冷的直覺，衝上家興的腦門。

「李家興，念在你是個熟人，萬應公不跟你計較。不過只是一炷香，你讓王家恩拜了吧。要是不分一點人氣給萬應公，我這頭都要痛死了。」老人邊說邊敲自己的頭，神情扭曲。

「你頭殼裝屎才會痛到要死。要是再讓我看到你裝神弄鬼，我們走著瞧。」家興一把抽走王家恩手上的線香，扔到地上又吐一口口水。

看著家興拖著王家恩疾步走遠，老人喃喃：「我們會再見面的，李家興，萬應公跟著你啊……」

＊＊＊

新的一年到來，何榮光特地致電表示，今年何永揚身體狀況不佳，就取消壽宴籌辦。家興沒放在心上，反倒為了不用再見到何榮耀，暗自鬆一口氣。新的學期開始，家興還以慶祝思宇將要就讀幼兒園為理由，特別請李氏家族一齊到餐廳吃飯。家興看著全家人都坐在擁擠的餐廳包廂裡，心裡正高興，完全沒有發現婉馨的臉色逐漸鐵青，正想要像個一家之主招待大家，想維持難得的興頭，王家恩卻當場打起電話召來救護車。

家興心裡怪罪王家恩多事，轉頭一看婉馨的樣子，裙下已經濕溽，才知道他做了一件好事。一行人餐點都還沒上桌也還沒付錢，反倒成群結隊跟到醫院，像一齣嬉鬧的喜劇，婉馨終於平安產下健康的女嬰。

「不愧我平常這麼照顧你。我孩子的命是你救回來的，你就當孩子的乾爹吧。」當王家恩帶著兩顆蘋果來探望，相比家盛的葡萄禮盒遜色許多，但家興一點也不嫌棄，反而迫不及待要給他認個乾女兒。

「大嫂和孩子都平安，是大哥平常照顧的好。我只是多驚多怪，就打電話而已……」王家恩的自謙之詞，突然被婉馨打斷。

「你的多驚多怪，救了我和我女兒的命。這麼重要的事情，也該包個紅包答謝你。你就當她的乾爹，讓她享受多一點愛，不是很棒嗎？你來幫她取個名字吧，小名也好。」婉馨突如其來的鼓吹，讓家興說不出話。

王家恩輕輕地把食指伸向熟睡的嬰兒手掌心，嬰兒反射性地握住他的指尖。看到這一幕，家興、婉馨、家恩三個人都笑了。

「你看，她多喜歡你。」婉馨說道，也將手指伸向嬰兒另一個掌心，讓指尖被握住。

「不會吧？」一個突然的疑問句鑽入家興的腦袋，他東張西望，找不到聲音來源。「戴綠帽？」又來了，哪來的？

「老公，你怎麼了？」婉馨的一句話，把家興拉回當下。

「沒事，沒什麼。家恩，你決定好了嗎？」

王家恩思忖一會兒，想起那個奇怪的彩券老人、那個奇怪的預言，「妤，女字邊的妤，形容女生聰明美麗。就叫思妤吧。」王家恩肯定地說道。

「可是聽起來很像……」

「有亭亭玉立的感覺，是個好名字。就叫思妤吧。」婉馨打斷家興的話，輕撫著嬰兒的臉頰，「思妤，思妤，妳要平平安安長大喔。」

「你看吧。」陌生的聲音又刺入他的腦袋。

「誰?」家興忍不住轉頭怒喝,婉馨和王家恩都嚇一跳,思妤被嚇得立刻哭出聲來。

＊＊＊

「孩子的爸,這些家裡都有,親朋好友也都會送,你怎麼還買這麼多?」看著家裡每個角落都開始堆積,婉馨不免眉頭皺起。現在打理家裡的可是她,這來自四面八方的「祝福」已經讓人無福消受,孩子的爸又來這一齣,直叫人束手無策。

「當一個爸爸好辛苦啊,當一個一家之主好難啊,唉呀呀。」家興拆開每一個自己精挑細選買回來的嬰兒用品包裝,根本沒聽進婉馨說的話,忙著在思妤面前擺弄一番,「思妤喜歡這個嗎?還是這個呢?果然還是最喜歡爸爸了。」

不僅在家裡,家興在公司的表現也越來越不尋常。公司開始收到不少客訴,抱怨他們的保險經紀人——李家興經理——對於客戶的訊息置之不理,這在業界可是一大禁忌,也是家興從業十年來不曾犯過的錯誤。沒想到,這客訴電話如同恭賀他喜得千金,思妤收到親友的禮物有多少,公司收到的客訴電話就有多少。區經理想找人來罵,竟然一時也找不到事主。

「王家恩，你的大頭哥呢？把王牌當成紅牌，上班要來不來，真的把自己當牛郎啊。」區經理找不到人的怨氣，全往王家恩身上砸去。身形高大的王家恩眾目睽睽之下被罵，氣勢弱小的跟破殼小雞一樣。

「趁人不在的時候罵屬下出氣，區經理原來這麼好當喔？早知道我就轉管理職。只可惜管理職的薪水，少的可憐喔。」家興走進辦公室跟區經理作對，兩個西裝筆挺的男子，像在菜市場裡當眾對罵，最後不了了之。留下無戲可看、敗興離去的同事，跟手足無措的王家恩。

誰也摸不清王牌業務員倒了什麼楣，本來明珠入掌，大家都吃得到滿月油飯，過不久大家都接到客訴電話——王牌李家興的要保人紛紛變成要錢人，從萬華那群求神問卜的老人，到家盛那間貢丸湯出現腹瀉貢丸，全部都來索求保險金。從分公司的財庫，一下子變成賠錢的無底深淵，這樣一件大事，讓本部不得不派人來調查。

「走哇，士可殺不可辱。」那聲音說著。

看著本部的人大動作來分公司，王家恩緊張和祈禱的心思全寫在臉上。最後本部讓家興和區經理對質，結果一如王家恩腦中最壞發展。分公司王牌業務員李家興，不甘本部人員假質詢真羞辱，盛怒之下拍桌走人。

＊＊＊

開著百萬車款離開公司，家興一時豪氣干雲，很快就被層層的懊悔淹沒——思宇送進私立幼兒園，思妤需要不會過敏的尿布，婉馨需要每個月探望岳父、車子還要保養、房貸還沒繳清……錢啊，無一不是錢。當初拚了命爭取第一，就是為了那筆獎學金。思緒懸著、車窗開著，家興路邊停下思考，毫無自覺來到老地方。

萬華啊，萬物昇華之地，記得侯侯姨婆跟阿嬤，當初背著阿公留下的債務，在這裡開了一家檳榔攤起死回生。如果是我的話，應該也可以吧？但是該怎麼做，才能讓婉馨走路有風呢？不就怕了艋舺龍蛇雜處的生活，才買下新店文教區的電梯大樓嗎？現在走回頭路，豈不是讓婉馨顏面無光？

家興想著想著，完全沒注意到窗外有個人影靠近。刺青半甲的男子敲敲他的車門問道：「你幾號？」

「哭夭喲？」思緒正紊亂，又有人沒頭沒尾打斷。家興才剛暴怒，現在也不太在意粗口。只是看到對方身上的刺青，讓他開始後悔衝動出口。

「問你幾號啦？」身上雕龍刺鳳的男子口氣不滿，又再問了一次。

「三年一班四號，李家興，叫你啦。」那個最近揮之不去的聲音又出現，家興已經司空見慣了。

「三年一班四號啦。」家興想起那組已經沒用的號碼，隨口報給眼前這個肯定是想明牌想瘋了的人。

準備升起車窗要離開，那人卻抓住車門大喊：「李家興？」無端被叫出全名，家興嚇出一身冷汗，「我石崇德啊，三年一班十號，跟你國小同學，你記得嗎？」

「怎麼會不記得，臭屁德啊。」那聲音跟家興一起，說出心底話。

熟人相見，家興忍不住老同學的邀約，走進那間數十年不見的老地方。屋裡煙味、酒味、檳榔渣味，鑲進他看見的每一張鈔票、每一個銅板。從八歲開始，家興拔腿狂奔的逃跑，逃啊、逃啊，繞了一大圈，最後又回到這裡。

「哇，歡迎回來啊，終於回來啊。」那聲音纏繞在家興懷裡成疊的鈔票上。他已經分不清楚，自己是不是故意的。

「爽啦。」從賭桌上九死一生、贏者全拿，這心情是真的。

＊＊＊

「我說過我們會再見面的，我就想不透，為什麼不早點回廟裡。」萬應公告訴過廟公，其中一個靈和家興特別有緣，他會再把家興帶回廟來，廟公也知道。但是，如果不是萬應公指點，廟公也認不出來眼前面如槁木的男人，是兩年前瞋目赭面的西裝男子。

「廢話少說，給我牌位跟銀紙，阿年答應我的。」家興繞過廟公，擅自拿走萬應公的牌位，還有墊在底下的銀紙，還抓了一把線香。

廟公沒有阻止他，只是搖搖頭說：「一飲一啄，莫非前定。但願你早點看破啊。入世為出世，怎知道你越陷越深……」廟公說的這些，家興已經聽不到。他只聽得進去阿年說的話。

「只要再賭一把，賺個二五八萬，曾婉馨那賤骨頭就會臣服你。」深陷在他的幻想王國裡，家興覺得這一切都糟透了——自己摯愛的妻子帶走孩子，只因為自己沒了錢，想用不一樣的方式開始賺錢。不過，這一切也棒透了，菸和酒，食物和遙控器，想要的都隨手可得。沒有「我為你好」，這間房子裡的一切才真正變得美好。兢兢業業十六年的感情，哪裡比得上十六張牌激情？努力再努力，換季還是歸零；努力再努力，也拚不過別人的狗眼看低。過去，每天睜開眼，是學費、雜費、治裝費、保險費、手機費、停車費、房貸和買菜金，錢與錢，與一堆留不住的錢，到哪裡才是個頭？

錢，我已經還膩了，現在該輪到我來玩了吧？家興奮力擲出骰子，掉到一個瘦弱的男孩腳邊。他一眼就認出那個男孩，跟二十多年前的自己一樣，是來偷看牌的。

「小子，哪個是你爸？」家興摸摸男孩的頭，等待男孩揭發幕後黑手。男孩向某處瞄了一眼，卻堅定地搖搖頭。「我叫你說！」

家興掌摑男孩的後腦勺，接著開始拳打腳踢，牌桌對面那個老頭衝出來，和家興扭打成一團。最後，三個人沒拿到好處，全都吃了圍事的拳腳套餐，被轟出賭場。當初，李國興和杜文文，為什麼就眼睜睜看著我被揍，卻不出聲呢？看著老頭和男孩彼此攙扶、蹣跚離開，家興突然想起家盛，不知道自助餐店還安好嗎？

＊＊＊

自助餐店有拿到保險金，所以家盛還願意和家興在外碰面。那個弟媳多久不見，家興想破頭也想不起她的臉。但是想想也是，自己任性離職，如同不顧客戶死活，要錢的時候找不到人要錢，事過境遷才嘻皮笑臉出現。別人如果願意賞臉，根本聖賢，不給臉才是正常人。

也不知道婉馨和家盛說好什麼，家盛一見到落魄的家興，也不噓寒問暖，反而先問離婚了沒。家興看到不遠處的全新自助餐店，哎呀，曾婉馨何許人也？何曾茵茵的女兒啊。他們都是為達目的不擇手段的女人，借刀殺人的事情又算什麼呢？

「曾婉馨給你們一家全新的店，對不對？」家興順手取走家盛手上的菸，自己抽。在菸抽完之前，他倒要聽聽親弟弟如何解釋。

「對。如果沒有大嫂的話，你們公司那點理賠金，根本不夠洗碗。」家盛一點也不在乎哥哥的挑釁，「如果你要當李國興，你就等於放棄作為人的資格。李國興都配不上媽，還想配上有錢人的女兒？醒醒吧，李家興。」

菸還沒燒到盡頭，家盛的理由已經說完了。作為親弟弟，家盛的話太有說服力，家興愣在原地無法回話。「哥，放手吧，不硬起來還是個男人嗎？」家盛奮力抓住家興的肩膀，任憑家興的菸頭和眼淚直直墜落。

「可是，可是我愛她啊。我要怎麼放？我愛我的妻子、愛我的孩子，你要我怎麼放？」家興哭得唏裡嘩啦，像個小孩一樣。破裂的家庭願景像迸裂的玻璃破片，太戲劇化、太炫目、太危險。家盛像媽媽一樣抱住家興，試圖保護他不被砸傷。

「變成更好的人吧！不做大嫂的先生，至少你還是思宇跟思妤的爸爸啊。你要讓他們看到怎樣的爸爸？」在家盛的勸說之下，家興終於還是同意弟弟的建議。

＊＊＊

約定簽字那天，家興翻找衣櫃，所有上相的衣服都是婉馨挑選，就算想穿，連年頹廢造成身材走樣，一件也穿不下。最後勉強穿上一件洗垮的馬球衫，維持自己所剩無幾的形象。

朝思暮想的女人，穿著一襲黑色連身長裙，坐在玻璃長桌的另一端，就是桌面倒映出那張臉，神色也沒有一絲柔情。新店的房屋歸給男方，孩子監護權交給女方，父親可以每個月底探望子女，不需要付贍養費……律師坐在兩人之間，交代清清楚楚，比大雨打上落地窗還要俐落。交加的雷雨在我背後，離婚的妻子在我面前。家興靜靜地想著，自己簡直快要變成詩人，不知自己所云。王家恩那小子就是這樣寫詩嗎？

被家盛送回新店，家興感覺自己像是住院太久的患者，大病初癒，回到家裡卻已人事全非。家盛為他拉開窗簾、打開窗戶，大雨過後的強風，順著壓力灌進整間屋子。斜陽侵占每一處家具的表面積，回憶過曝，家興想不起原本擺在客廳的一家四口全家福，後來到哪去了。好像有人把它帶走，是婉馨嗎？怎麼腦海裡出現的，是更高大的身影。

「哥……我就幫你到這，你要加油啊。」關於大嫂，不，關於曾小姐的事情，果然還是無法完全對哥坦承。也許不說才是好的，對哥、對曾小姐、對王先生，都是吧。

徒然坐在沙發上，無聲回應家盛的離開，這裡又剩我一個人。這兩年來的所作所為，實在沒臉回去看阿嬷一面，可是天就要暗，屋子里的角落快要長出吃人的黑球，別丟下我，別丟下我！

「媽媽！阿嬤！小壞壞！你們在哪裡？救我、不要丟下我、我很乖、不要丟下我、回來、回來……」

「別人哭爸，你在哭老婆，卸世卸眾喔。」阿年坐在客廳角落，恥笑著已然軟弱無力的家興。惱羞成怒的家興一拳往阿年臉上揍去，指關節全砸在牆上，痛得他哇哇大叫。「夭死鬼，就會引狼入室。沒錢又愛顯擺，學人家養管家，結果養老鼠咬布袋。囂張這麼久，那小子有效忠你嗎？」阿年若無其事地站在家興身邊，一臉無賴模樣。

「你說什麼，我聽不懂。」家興一拳揮去，用力過猛，疊坐在一疊銀紙上。

「你騙人騙鬼最厲害，連自己都騙得過去。」本來穿著不合時宜的阿年，變化成王家恩的模樣。「為什麼你老婆生個女兒，他那麼緊張，最後取名字還是他決定，難道你不知道？」

「胡說八道。」家興起身追擊，卻踢到茶几，再度痛倒在地。

「想打我？你就算打死我，事實也不會改變。雖然我已經死了，哈。」阿年變回原本的模樣，看不出來是哪個時代的人，那雙眼睛卻和家興萬分相似。

家興咬牙起身，一把抓起牌位和銀紙，扔出四樓窗外，對著阿年大喊：「滾！你滾！這裡不需要你。」

「這裡需要我啊。」阿年指著家興的胸口，每說一句話，身影就更沉入一點，「你需要我幫你贏錢，需要我幫你變成英雄，需要我幫你追回女人，需要我，」阿年話還沒說完，家興臉面一冷，心窩反常炙熱，「報仇雪恨。」

異常的恐懼迫使家興緊閉雙眼，侯阿年的聲音消失耳際，他聽見思妤的哭嚎、尖叫，他不想這樣、他不要這樣。家興緊緊抱著胸口，懷中沒有溫暖，只有灼燙和臼磨一樣的劇痛。無比的劇痛促使他睜開雙眼，從小洋裝延伸的四肢搖晃垂墜。

家興抬起頭，侯阿年坐在「有求必應」的匾額下，對他微笑揮手。家興對侯阿年怒不可遏的放聲嘶吼，回到耳邊是自己的猖狂奸笑。

第九章

我看著我的身體，泡在滿是枯葉的浴缸裡面抱膝，把頭埋進膝蓋之間。我就站在一邊這樣看著，看到手機上顯示的時間，從十點變成十二點，就好像兩秒鐘過去一樣，不痠不痛不累。

靈魂出竅了，可是我並不想回去。那副身體，我連碰都不想碰。我就站在這，不曉得我是不是死了。抓不住牙刷、毛巾之類的東西，去戳戳看那副身體，我又不想觸碰它，免得被迫回去身體裡。我只好站在這，等待有人發現它是死是活。

媽遲遲沒有回家，跟朋友出去玩嗎？如果這副身體一直泡下去發爛，該怎麼辦？我雖然不喜歡身上的傷口，但更不想要爛爛的死掉。啊！它動了！我的身體慢慢抬起頭來，離開浴缸，又沖了一次澡，把自己擦乾，赤裸著到客廳翻找醫藥箱。熟門熟路的，就像是我。可是那不是我，是誰？

「喂，你是誰？」我說話，我知道我說出了話，但我聽不見自己的聲音。一個靈魂都聽不見自己的聲音，身體聽得到嗎？

身體正在利用醫藥箱的器材包紮自己，突然停下動作轉向我。這副身體充滿瘀青、勒痕跟割傷，表情卻像沒事。死人我看過，這副身體是活的，我非常肯定。身體的眼神東張西望，好像搜尋我的存在。

「喂，你到底是誰？回答我，幹嘛跑進我的身體？」也許身體本能回應靈魂？我看電影或動畫都這麼演。也許我再多說些，身體就會以它的意識回應我。如果真是這樣，我作為一個靈魂，也不會那麼孤單無聊？

「誰在講話？什麼你的身體？這是我的身體好不好？」身體回應我，它的眼神已經放棄尋找我，繼續專注處理身上的傷口。

靈魂無法冷汗，但我確實感到恐懼。就像你每天玩的線上遊戲角色，突然不能登入帳號，新創一個角色登入遊戲，卻看見那個角色活蹦亂跳。

「快給我滾，那是我的！」我吼出小時候玩線上遊戲被盜用帳號一模一樣的台詞。

「莫名其妙。」身體繼續理所當然的行動，背對著我，逐一處理身上大大小小的傷口。

我憤怒地衝向我的身體，我想奪回我的身體，管它痛不痛、破不破，也不要讓孤魂野鬼佔據它。可是我失敗了，我沒有回到身體裡。我的身體像醉漢似的，用奇怪的姿勢倒臥在客廳。一旁站著另一個人影，看起來跟我很像，也跟他身後爸的遺像一模一樣。

「你是誰？你為什麼出現在這裡？」我質問這個突然出現的人，自從我靈魂出竅以後，發生太多不可思議。

「你又是誰？你為什麼出現在這裡？為什麼我的身體倒在那邊？」那人眼神在倒下的身體跟我之間來回，我確信他看得到我。

「你看得到我，你也是鬼嗎？」都是同伴，我就大方地發問。

「你個大頭鬼，我乾坤啦。這是我，這是我家。你又是誰？為什麼出現在我家？」

那個人大概也是個靈魂，但是他居然跟爸同名？

「你憑什麼叫錢坤？錢坤是我爸的名字。我叫錢乾乾，這是我的身體，這裡是我家，錢家人的家。」我嘗試糾正他，他一定腦子壞掉，哪裡搞錯了。

「我又不姓錢，為什麼不能叫乾坤？倒是你那什麼怪名字，笑死人。」那人聽不懂人話，反倒先嘲笑我一番，然後直盯著倒在地上那副滑稽姿勢的身體——他想要搶我的身體！

那人率先接觸到我的身體，卻沒有消失，只是站在原地。這本來就是我的身體，我向他擺出勝利手勢，接觸我的身體，卻只是穿透過去。糗了，我們誰也進不去這副身體。那人還不死心，努力飛撲身體，身體毫無反應。我試探性地摸一摸頭部、胸部跟下體，身體像是虛假的投影，動也不動。

「你別亂摸我的身體，怪噁心的。」那人從我正嘗試接觸的胯下鑽出，怪罪地看著我說。

「你才不要從我身體胯下鑽出來，好嗎？變態。」看著他穿透我的手，我發現靈魂與靈魂的接觸與交錯，同樣毫無感覺。

我們兩個就這麼圍在我的身體旁邊束手無策。一個人盯著身體時，無所事事，感覺時間飛快，兩小時只是兩秒鐘；兩個人盯著身體時，虎視眈眈，害怕身體被奪走，感覺時間停滯，一秒鐘彷彿一整天。

就這樣死命盯著身體，直到傍晚，媽終於回到家，抱住我的身體又哭又喊。不論我怎麼呼叫她，她都聽不見。

救護車到來，載走我殘破不堪的身體。即使我沒有意願，靈魂卻跟從身體一起上擔架、一起移動。我被迫看著男性急救員在媽面前撫摸我的全身，此刻的我感到羞恥想要躲藏，可是靈魂出竅而無計可施。最詭異的，還是那個自稱為「乾坤」的孤魂，竟然也一起進救護車。進入救護車的他不再覬覦我的身體，反而試圖撥弄救護車上的維生儀器。真是夠了。

「住手，你想把這副身體搞死是不是？」我伸手打他，果然也穿透他的靈魂。

「機會難得，又不是每天可以搭救護車，大不了就不玩嘛。」端著我和爸的長相，卻說出這麼幼稚的話。乾坤住手後穿出車頂消失，一陣子又出現。他語氣異常亢奮：「哎，快出來看。」

我置之不理，只是端詳著我的可憐身體，和我的可憐母親。媽，真對不起，我只是想成為讓妳驕傲的兒子，只是不想再看到妳對著爸的遺像唉聲嘆氣。媽，真對不起……哎，為什麼乾坤能夠抓住我的手臂？

他興奮地把我拉上車頂，救護車疾駛在高架道路上。夕陽西下，路燈逐漸打開，車燈一閃一閃。天越靛暗，地越紛亮。這樣的景色，我已經很久不曾好好欣賞。

「怎樣，很美吧？」乾坤坐在車頂，彷彿兜風的少年，舉臂高呼、志得意滿的樣子，好像正要啟程冒險。相比之下，我才是「那個」，有身體歸不得的孤魂野鬼。

雖然沒有辦法感覺到風，可是通行無阻的救護車行進很快。我們如同坐上高速行駛的觀光列車，只是車廂全透明。景色秒換，每個經過的車輛或住家各有心思，但對我來說都沒有意義。偶爾看到其他車頂有人影，不用猜想也知道同樣是幽魂，他們有的面無表情，有的面目全非，乾坤一視同仁和他們熱情招呼。

原來無目的觀賞是這般輕鬆愉快，不用汲汲營營追求最新消息，那些對於靈魂的我毫無關係。偶然一個小孩坐在車子裡和我們揮手，我不自覺跟乾坤一起揮手回應他。

「是不是很好玩？」乾坤笑著對我說。看著他，我才知道自己笑起來是什麼樣子。我好像得笑起來，比較陽光帥氣。

還沒回他話，我的身體被架進急診室，我和乾坤也被迫跟上。醫護人員在檢傷分類時亂了手腳，因為身體有多處外傷，但生命現象一切正常，只是陷入沉睡，怎樣都叫不醒。廢話，靈魂不在身體裡，當然叫不醒。他們打算對我抽血和斷層掃描，正在等待媽簽下同意書。

「就講不要當記者、不要跑新聞，都講不聽。媽媽不要你養，不要你變成你爸。

你只要快快樂樂長大，現在怎麼會這樣……」媽一邊簽名，眼淚一邊掉到同意書上。簽完名之後，我的身體被匆匆忙忙地推進檢驗室。有股力量把我拉過去，我站穩自己，站在媽身邊，試圖抱住她大哭一場。可惜我抱不住她，也哭不出來。

再這樣下去也不是辦法，我要自己為自己討個公道。首先，要找到看得見我的「人」。醫院裡，看得見我的並不少，但全都是孤魂，而且對我不屑一顧，只想守住自己的身體。乾坤跟著身體進檢驗室，大概也不會干涉我的行動。雖然身體對我有些引力，但是引力並不強烈。我的身體下場再慘，不是我就是乾坤回魂，乾坤回魂也好過被野鬼附身。所以現在的我，十分自由。

不疲不痛不累，一輩子沒有任何時候，比現在的我還要自由。

＊＊＊

得先，找到招仁邑那個死胖子，想辦法報仇雪恨，最好把他弄得要死不死。我還在習慣成為一個幽魂，雖然不能瞬間移動，但也比起身體來得輕鬆。只可惜不能搭車或站立，身體的引力不斷拉著我往它靠近。剛開始為了找路而走在馬路上，後來為了貪快直接闖入房子。有時候會被一些東西彈開，才發現原來那些貼在住戶門口的八卦鏡、符咒都有意義，更別說寺廟宮壇都有結界阻擋。

有時會遇到一些野鬼，他們原地徘徊，附近也沒見到貌似他們的身體。我本來怕惹事生非，想要迴避，卻又禁不住好奇。直到遇到一個年紀看起來跟我相似，站在橋下的光頭年輕人。

「小子，你在這裡幹嘛？」我鼓起勇氣向陌生人搭話，希望他不會發現我還活著。

「我在等人。」他笑容靦腆，我走近一看，原來不是光頭，還留著辮子。

「你是幾年出生的？」看那辮子也太不可思議，是我想的那樣嗎？

「光緒五年。」年輕人說道。不，他並不年輕，都不知道老我幾百歲。

「你怎麼死的？」我話才說出口，他全身浮腫灰白，像是浮屍。

「什麼死？我才沒有死！姑娘跟我約好在橋下見面，水來了我也不會逃，怎麼可能會死！」他朝我一陣吼叫，那面目全非的樣子，嚇得我趕緊逃跑。幸好他沒有要追上我的意思。

要是沒有發現自己死了，是不是就像他一樣，能夠永遠活著？我邊逃邊想：如果我的身體撐不住了，我會怎麼樣？像他們一樣，當個孤魂野鬼，還是下地獄？又或者變成煙消雲散？

想到自己會變成煙雲，好比現在的自己，至少能看能聽。要是看不見也聽不到，那還會是什麼？站在馬路正中央，趕著下班的汽車，打開他們的車燈照穿我。下一秒，像瘋狗浪般朝我席捲而來。他們毫不猶豫輾過我的存在，任憑我站在路中央大吼大叫，也沒有人繞開我。沒有痛、沒有燙，沒有刺眼，只有恐懼。

在車道上逆向前進，一邊思考存在的意義，一邊尋找誰能發現我的蹤影。攤開手掌，我的手指非常清晰，一、二、三、四、五，另一隻，一、二、三、四、五。掌紋若隱若現，看不清眼下命運，走到哪個交會點上。

我要找誰來著？招仁邑、詹淨芳、錢坤，還是錢乾乾？這幾個名字是誰，而且錢乾乾這名字分外熟悉，他和我是什麼關係？是不是只要找到他，就能知道我是誰？為什麼我不知道我是誰？我就是……

就是什麼？

疲態的大人、倦容的孩子，猶豫的黃燈和遲疑的倒數，遠方的哨音、近處的引擎、話筒裡的殷殷切切、眼鏡後方的沉默。每一個步伐都有方向，每一個車輪都有軌跡。喇叭聲和髒話，連同哈欠此起彼落。站在群體之間，有些穿透，卻沒有一個看透。小綠人匆匆奔走，走過一萬步，還在原地踏步。

各種念頭隨著人們撞上我的胸口，晚餐吃什麼、該不該分手、孩子學費的著落、老闆加薪的承諾，千百個問題，沒一個結果。沒有人看得見我，沒有人聽得到我，沒有人認識我，沒有人發現我。我得繼續往前走，免得有什麼拉扯我。是什麼在拉扯我？

「你怎麼死的？」有個老人走到面前問我，滿臉肉疙瘩，我好像見過。

「我哪有死！」我氣急敗壞的反駁。我為什麼氣急敗壞？

「哎呀，講不聽。」滿臉肉疙瘩的老人搖搖頭，伸手抓我。他滿是肉疙瘩的手看起來很嚇人，眼看他的手覆蓋我的手臂上，透了過去。老人淡淡的說：「奇怪，你沒死啊。你沒死怎麼會在這裡？」

「就說我哪有死。」轉過身，眼前出現另一個人，發出尖叫的大卡車迎面駛來，穿透我和老人，但沒有穿透他。他隨著大卡車的車頭，變成兩個。一個，站在車頭前；另一個，倒在車頭下。

老人走到那人身邊，抓住那人的手臂，隨後淡出消失。站在原地，看著司機驚慌失措呼救，路邊行人紛紛湧上圍觀，沒有一個人靠近車頭。車輪底下那副身體動也不動，我很確定那是什麼。

那是死亡，一瞬間完成的死亡。那具軀殼是個屍體，無法盛裝靈魂。就算裝進去，也會流失殆盡；或是因為軀殼的傷勢，感到痛不欲生，不如死了算了。剛才出現的老人，大概是死神，負責引領這些失去軀殼的靈魂。但是被帶走的靈魂會去哪？剛才應該跟上去一探究竟。

那麼，「我」現在該去哪呢？一直拉扯的微弱力量令人煩躁，它反倒把意志往反方向推去、推去。逆著拉力走，不知道會走到哪裡，只是前進、前進。穿過鋼筋、透過木板，踏過男人的陽痿，越過女人的高潮。不知道走了多遠，只感覺拉力在增強，近處變成遠方，遠方、遠……

＊＊＊

「喂，你是可以睡覺的嗎？」有人大聲叫嚷，聲音陌生又熟悉。

我才發現乾坤臉貼著我的臉，四肢貼著我的四肢——我們靈魂交疊在一起，躺在柏油路上。我嚇得立刻起來，確認自己像是以為自己還有身體一樣。我忍不住罵他：「我不是你那種人，太噁心了。」

乾坤對我比出一根中指，然後指向前方。我們前方是拖磨酒吧，巷子裡面被砸得七零八落的那一間。

「剛才一瞬間，我被拉到你這邊。我出現在這邊的時候，你旁邊有個很醜的老頭子，說你沒死，只是變成遊魂。他說我也沒有死，但他不知道為什麼會有兩個。老頭子說執念太強，所以身體受不了。除非執念被解決，不然我們倆誰都回不去身體裡。」乾坤停頓一會兒，才起身繼續說：「啊我又沒有執念，為什麼會回不去？除非是你不想回去。」

「不管那很醜的老頭子是誰，那是我的身體，只有我能回去。」我反駁他，跟著他一起進去那間破爛酒吧。飛鏢遊戲機上，有明日新聞成員的照片，每張照片的臉上，都插上一支飛鏢。

「那是我們的身體。」乾坤莫名其妙說道，難道這是什麼共產主義笑話嗎？我沒笑出來，因為出現在眼前的，是一群被脫光的噁心男人。尤其那張臉，就算被刀子割花我也不會忘記，是招仁邑跟那群自稱媒體人的敗類。

「這是你幹的？」誰有那麼大的本事，把店砸了、把人綁了，還沒人報警處理？不是鬼，就是神。

「不是。你倒在路邊的時候，有一群黑道來過，過程很精彩，可惜你沒看到。反正就是夜路走多了會碰到鬼，」乾坤話沒說完，自己先笑，笑點真的很低，「勒索過頭，自找麻煩。」

那些被五花大綁的男人，臉被刀割得慘不忍睹。周圍四散他們臉部特寫的拍立得照片，頗有警告意味。照理說他們下場悽慘，我應該手舞足蹈以謝天謝地，但是我一點都高興不起來。到底是希望由我親手解決，還是覺得他們不夠慘，又或者兩者皆是？招仁邑發出微弱的哀嚎求救，我伸手搧他巴掌，既沒有實感，也沒有傷害。

「走了。」乾坤拉住我，往身體引力的方向前進。我是為了什麼靈魂出竅？為了什麼跟別人共享身體？為了什麼來到這裡？我拉住自己，不讓乾坤帶我前進。「你幹嘛？要醒了。」

「我為什麼在這裡？我為什麼要跟你走？這一切到底還能多荒唐？人沒死卻跟死了一樣，人死了又跟活著沒差。老天爺耍我啊！你憑什麼命令我？你憑什麼有我的身體？你——」

＊＊＊

「錢先生，聽得到嗎？聽得到的話，可以動一動手指。」我看著我的手指抽動，但我根本沒有張開眼皮，醫護人員圍在我身邊，乾坤不在這裡，可惡。

那個名叫錢乾乾的人醒來了，媽激動地抓著我的手，我感覺不到絲毫溫度、力度，只能徘徊在身體旁邊。我的身體現在就像寺廟一樣，有個結界，我一接近就被彈開。看起來又回到原本的樣子，但完全不一樣。

我跟隨身體復健、吃飯、看電視，我確信回到身體裡的應該是乾坤，可是他總是承認自己是錢乾乾。有時候身體聽得到我，可是大多時候對我的存在一無所知。我跟隨我的身體，除此之外什麼事都不能做。它喝下每一口媽燉的湯，我都嘗不到味道。

以前，媽煮的菜我都已經吃膩，總想著出門吃館子，或是上酒店吃些法式料理才是高級。以前，媽拉著我走路去傳統市場買菜，說買新鮮兼運動，我總嫌棄髒亂跟疲憊。現在，我想走的路無法走，想吃的菜不能吃。眼看著那碗湯一口一口進到我的身體裡，我感覺不到味道，也感覺不到溫暖。喝一口熱湯，那是我回到身體裡最想體驗的第一件事，現在我的身體做到了，我感受不到。

我的身體復健一兩個月之後，主動聯絡公司說想回去。我不想，如果不是孫總棄子式的利用我，我怎麼會鬼迷心竅，認為自己可以成為一個大記者？但身體總是在抗拒我，這件事情，只有真正在操控身體的靈魂說的算。

跟著身體回到公司，那棟傳說中的鬧鬼大樓，原來真的有野鬼流連。他們大多沒有發現自己死了，就算有自覺，也只是重複自己的死。我想起滿身肉疙瘩的老人，他怎麼沒有接走他們呢？

「小錢，恭喜你大難不死、歷劫歸來。」孫總帶著同事們迎接我，他奇怪的賀詞我已經無心反駁。如果我回歸身體，他一定也是我算帳名單上的一員。無奈我只能看著我的身體和孫總跟同事們逐一擁抱。

沒有幾分鐘的歡迎會結束後，孫總命令大家回崗位工作，要我獨自到辦公室去開會。開會的內容無他，就是李家興案。那個將我引導至此的詭譎命案，孫總拐彎抹角說明新聞倫理，到直言不諱有人施壓，要求我終止這個專案報導。

身體沒有多大反應，沉默聽著孫總的長篇大論，只是點點頭，作為默許。孫總把一個信封塞到我的手上說道：「這是我的一點心意。記得，這件事情從不存在。」

那個信封不用看也知道，一疊千元鈔，至少也有四、五萬。只見身體把信封退還給孫總，斬釘截鐵地說：「我想辭職。」

我不斷痛毆身體，但它毫無反應顯示我的徒勞無功。孫總樂不可支收回信封，還假意挽留。身體也沒多說，自個兒開始收拾。那些跑完的、沒跑完的消息，一個也不帶走。收拾到後來，只拿走一罐罐裝咖啡，和李家興的裁判書。為什麼連非自願離職要求資遣費都不肯？太令人惱火。可是身體對我一點感應都沒有，自顧自的決定我的人生。

我的身體，所有人都看得到的錢乾乾，才是真正的錢乾乾。沒有人發現的我，就算能看、能聽，甚至能思考，在我之外就只是虛無。我的情緒和記憶真真切切，但無法表現，名為錢乾乾的孤魂。眼睜睜看著一模一樣的我，做截然不同的決定。

那個錢乾乾，離開公司以後笑了，笑起來很好看。身體如釋重負地離開，和北辰日報再無瓜葛。我痴痴地看著陪伴我多年的記者證，我曾經那麼夢寐以求的工作，我曾為此答應過媽、答應過老師、答應過詹淨芳的工作，為什麼放棄的當下，竟然連一絲一毫想哭的感覺也沒有？

摸了最後一把記者證，既然已經提不起，就不得不放下，此刻的我只能跟著身體走。我想念我的身體，我想念奔跑流汗的暢快，想念安穩睡眠的舒適，甚至和詹淨芳分手的心痛。如今身體不是我的，它坐在公司……前東家樓下的候客椅上，打開罐裝咖啡豪飲。我記得那口味太難喝，它才遲遲沒有離開我的辦公桌。但身體的反應泰然自若，好像味蕾壞掉一樣。如果是現在的我，肯定如獲至寶地小口品嘗它的絕頂難喝，也不要跟身體一樣浪費。

「哎，你，還在我身邊吧？」身體盯著咖啡罐講話，這語氣讓我知道它在呼喚我，「我不知道你是不是還想當記者，但我不想，我受夠了。剛剛沒有拿錢，我想你一定很生氣。不過，我也懶得跟孫諒道糾纏個五四三。當記者也好，以後要怎樣都隨便你，不過我還想找一個人。」

我沒有回話，我想身體不一定聽得到。它又喝下一大口咖啡，然後吐舌乾嘔。就說它很難喝。身體乾嘔完後繼續說道：「這件事情找到答案的話，也許一切就可以結束了吧？又或許，這件事情本身就是答案。」

＊＊＊

知道自己會來監獄，跟實際到來的感覺完全不同。我和身體隔著柵欄等待的人姍姍來遲，平頭又削瘦的李家興，和入獄前判若兩人。入獄前的李家興，是飽受賭癮折磨的賭徒，眼前的李家興是鬱鬱寡歡的苦行僧，不喜不懼，總是眉頭深鎖。

「你好，我是以前追蹤過你的記者錢乾乾，現在已經離職。還是想來探望你，你最近還好嗎？」身體坐在原位，沒有拿出錄音筆或筆記本，只是直視眼前犯下大錯的男人。男人聽完身體說的話，搖搖頭。

「你放心，我不是來採訪你的。我只是想知道真相。」身體拿出獄方給探望者的採購單，秀給李家興說：「你在裡面需要什麼，我買一些送你好不好？」

李家興又搖搖頭，本以為他不打算對話，卻聽到他虛弱問道：「阿嬤還好嗎？」

「之前採訪李花女士，身體看起來很硬朗，但是她一提到你就淚流滿面。」身體據實以告，他連李家興的阿嬤本名都記得，裡面的靈魂確實也是我。

「婉馨呢？思宇呢？家盛呢？還有那個王家恩呢？」憂鬱的面孔終於有些起色，李家興像是看到救命的蜘蛛絲，緊緊攀上。

「很抱歉，他們拒絕我的採訪，我找不到他們任何消息。」這回答讓蜘蛛絲斷了，李家興又跌回地獄。他頹靠塑膠椅背，發出巨大聲響。那聲音有多沉，代表他的地獄有多深。

「那你來做什麼，來看我笑話嗎？」李家興變回虛弱的聲音，神情多了哀怨。

「我想來問你，你看得到我身邊有什麼嗎？」身體突然問道。這問題太奇怪，難道它是為了跟我溝通才來的嗎？

「沒有。」李家興掃視周遭一遍後回答。

「那你看得到侯阿年嗎？」身體說出那個令人匪夷所思的名字，那個名字是法庭上鑑定李家興是否真的精神異常的關鍵，也是我做追蹤報導的關鍵。

李家興低下頭，長嘆一口氣，輕聲說道：「沒有。」

「『沒有』是什麼意思？是指現在沒有看到，還是以前就沒有看到？」身體進一步追問。李家興的供詞上是「看到」侯阿年的，只是侯阿年可以變化成任何人、任何形象，被精神鑑定為幻視和幻聽。但李家興在法庭上堅稱這絕對存在。現在追問侯阿年這部分的證詞，又有什麼意義呢？

「法官說不存在，那就不存在。侯阿年只是我阿公的名字。」李家興輕聲的自白，在我聽來是沉重的打擊。

「如果真的不存在，你為什麼要說謊？」身體繼續追問，聲音一點都不急迫，我卻感覺異常憤怒。因為他的證詞，是我追蹤案件的關鍵。如果他不故弄玄虛，我不需要多方求證，最後掉進大嘴巴的陷阱。如果他只是、只是一個獸性大發的鬼父，我也只會成為普通的人、普通的記者，做一個追求眼前胡蘿蔔奔跑到渴死的蠢驢，還比醒著卻不能活著的智者來得快樂。為何跑著跑著，我卻從蠢驢變成人類？

「有差嗎？李思妤死了，這才是事實。侯阿年存不存在，都是假象。我該去死卻活下來，大家都這麼想。我不想活但不敢死，沒有人在意。沒有人相信我說的話，侯阿年等於不存在，不是嗎？」李家興轉身要走，他要丟下這一切去死，為什麼要拖李思妤下水？為什麼要拖侯阿年下水？為什麼要拖我下水？弄死一個活人、弄活一個死人，再搞瘋一個陌生人，憑什麼！

「你為什麼說謊？你憑什麼說謊？你為什麼當初不自己死一死，要拖大家跟你陪葬？混蛋！滾回來，不准走！」我撲上柵欄用力拍打透明隔板，眼看著李家興被帶離會客室。我怒不可遏抬起椅子砸向隔板，被幾個獄警拖出監獄。

我被獄警粗暴地扔出監獄外，中途還有人偷偷踹我，身上的舊瘀新傷鼓脹刺痛，痛得我忍不住嚎啕大哭。有路過的人遞給我面紙，可惜我哭得太慘烈，根本不能看著對方道謝。可惡，眼皮也好燙好痛。

「好痛，為什麼我哭這麼用力，連喉嚨都在痛？」稍微停止哭聲，發現還在自言自語。啊，這是身體，我回到我的身體裡了。

幾次試圖尋找乾坤的靈魂，沒有任何徵兆。我滿腹狐疑回到家裡，等著我的是媽拿手料理燉豬腳。從事記者以來，我吃過千萬次媽燉的豬腳，今天感覺像是第一次吃。醬油、八角、紹興酒的香氣，強烈刺激我的唾腺，讓我垂涎三尺不是誇飾。

媽聽到我開門的聲音，喜孜孜地迎接我，被我哭到紅腫的眼皮嚇一大跳，緊緊抱住我，緩慢帶有節奏拍著我的背。我愣愣地看著爸的遺像，他剛剛調皮地對我眨眼，是我看錯嗎？我回抱著媽，她好瘦小，相比我超過一八零的身高，她號稱一六零的存在這麼迷你，但她每一下拍著我的背，都是那麼沉穩厚實。

「媽，我回來了。」我終於、終於可以說出口了。

＊＊＊

回到身體裡的時間感和實感很不一樣，飢餓、疼痛、疲勞、困倦，這些以前惱人的生理反應，現在讓我感到特別期待和新鮮。除了定時回診復健，我花費心力研究死亡和靈學，也沒能得到我靈魂出竅的真正解答。這一切如此逼真，如果求助醫學與心理學，是不是會和李家興一樣，被駁斥為精神異常？撇開醫學領域，我努力回想遊魂時刻的記憶，發現它消退得極快，除了有一個靈魂叫乾坤，其餘記憶已經所剩無幾。

那個廟公應該能夠解答，至少能夠解答為何他會出現在馬路上牽引亡魂？我必須再次前往萬應公廟。

前往萬應公廟的路上，一切變得不太熟悉。沒有層層疊疊的緊張感，也沒有憑空出現的迷霧，只有眾多施工中的建築。計程車突然停下。

「怎麼了，繼續走啊。」我甚至懷抱期待催促司機。

「那個，已經到了。」司機指向右邊，那邊沒有詭譎的紅色布條，只有一大塊綠色施工告示牌。「就在這裡。」

根據告示牌的日期，萬應公廟早在我靈魂出竅的那天，從地面上消失了。

＊＊＊

一無所獲的我，決定把那些研究怪力亂神的書本全部回收，打開地圖，開始圈列台灣每一處略有名氣的廟宇。這是一場名為探究真相、實為無目的的旅行，每一筆圈選都令人興奮。但在我的旅程正式開始之前，還有個地方我非去不可。

「兒子，你確定嗎？這是人生大事喔。」在我籌備行李正要出發之際，媽略帶憂心地問我。

「沒事啦，就只是去一趟戶政事務所嘛。」背包上肩，我看見爸的遺像露齒笑了。

仔細一看，才發現是遺像上的玻璃，倒映我對旅程的滿心期待。

走出戶政事務所之後，前往下一站，我決定以徒步作為復健。天氣晴朗多雲，是適合啟程的好日子。也不知道走了多久，本來要到地府陰公廟，卻走到石頭公大榕樹下。那路過的人車甚少，就是一隻看門狗對著我吠。我坐在榕樹下乘涼，順便拿出地圖找路。

「都什麼年代，居然還有人用紙本地圖。」我猛然抬頭一看，乾坤指著我手上的地圖嘲笑著。

「我以為我再也見不到你了。」一個散步路過的老伯用奇怪的眼神打量我，但我不在意，只是想盡全力看清楚眼前半透明的人影。

「我一直都在啊，這什麼怪問題？」乾坤不以為然，一股勁爬到大榕樹上，像隻野猴子。

「那為什麼我都看不到你。」我逆著日光搜索他，他看起來更加稀薄了。

「廢話，我就是你，你就是我，錢乾乾啊。」他從樹幹上一躍而下，像孩子模仿超級英雄完美落地。

「我已經不叫那個名字了。」我篤定地告訴他。他的神情起先很吃驚，隨後又鼓勵似拍拍我的肩膀，很快就消失不見。

一股寒意從肩膀竄進我的心窩，心臟沉著有力的跳動。我決定好，心臟跳動一百下之後，就要出發。

第十章

SAT.

曾婉馨那個女人發瘋，拿刀自殘，血噴得到處都是。我被逼到只能選擇強迫把思宇關進房間，才有辦法阻止這個瘋女人。救護車前腳剛把瘋女人送走，岳母後腳就到，下令把思宇帶走，留下一個清潔婦幫我收拾，好像這裡發生過不可告人的命案。

但命案還沒結束，警方說要解剖思妤，作為生母的瘋女人已經送醫院，作為繼父的我只能咬牙答應。大舅低調地說，希望思妤的喪禮一切從簡，但是那些節哀順變的話還是太多，承受這些的卻只有我，一個。我也快發瘋了。

SUN.

王先生和顏女士特別飛回台灣，來喪禮致意過。他們偷偷問我事情怎麼發生的，我回答不出來。大舅曾警告我家醜不外揚，我只能裝作偵查不公開混過。顏女士還特別交代我千萬別離婚，再生一個孩子的機會可遇不可求。真諷刺，死了一個孩子，還要我把握攀龍附鳳的機會，他們就不能老老實實地閉嘴嗎？

走走樣子的喪禮結束了，但瘋女人還在醫院裡，警方也還沒歸還思妤。大舅嫂說瘋女人還會住院一陣子，等警方一歸還思妤就火化，一切交給她就可以，要我好好調適自己。再一次節哀順變。

我該怎麼節哀？怎麼順變？怎麼調適自己？我對大舅嫂說想和曾婉馨離婚，大舅嫂只是回我一句：「好好再想想，等婉馨好轉再說。」

我有一個預感，曾婉馨一輩子都不會好。

SUN.

每天醒來，空蕩蕩的屋子都在提醒我，這裡李思妤活過、李家興來過。曾婉馨還沒發瘋前，我活得再不堪，至少思宇和思妤還能享有母愛跟父愛。但現在，就像一場鮮豔的夢，每天醒來，只剩我一個。如果不打開電燈、電視、電腦、音響，如果不沉迷遊戲裡，這些都會蜂擁上前，螫得我雙眼紅腫淚流。

難得我今天想出門，喪禮到現在，我已經兩個月沒有離開。沒有特別想去哪，我招一輛計程車，讓司機帶我隨便逛、錶隨便跳，反正我有的是錢。有的是錢，聽起來是強效藥，卻不是萬靈丹。它能帶我去任何地方，卻沒有辦法回到過去，阻止這一切開始。

回想上次出門坐計程車，是為了出庭作證，還有旁聽判決。李家興一見到我就是咒罵，我無力為自己辯白。如果他知道我和曾婉馨不過一場戲，他肯定痛苦自責到死，不如將錯就錯地恨我。無力挽回，至少這點彌補我還能做。

即使只是坐在後座什麼也沒做，這也足夠驅散我心底的鬱悶。這些足不出戶的日子，不斷殺死或被殺死的遊戲角色，還能再活過來。但是李思妤回不來了，李家興也回不來了。

WED.

我把全世界的人屠殺一百回之後，瘟疫公司全破關，又回到現實世界。王先生、顏女士遠在國外，思宇和岳母、大舅嫂同住，思妤永眠金山，李家興在監獄，曾婉馨在醫院。我捧著李家興的全家福照端詳許久，眼淚不停不停落下。

再也承受不住，不得已半夜叫一輛計程車再次閒晃。這次的司機總往熱鬧的地方開，先到東區夜店，再到林森北路，又繞到西門鬧區。那些招牌和廣告看板太刺眼，我實在招架不住，要他到一個安靜的地點讓我歇息。意外的我在二二八公園下車，遇到一個鮮肉，和他互打。長相是混血兒，讓我想到雷老師的兒子、樹洞最初的主人。不過，恐同的兒子有可能是同志嗎？

THU.

想起昨天的陌生男子，想起雷老師的兒子，我忍不住從頭開始翻閱日記。看見自己寫下的「只剩我還愛他」真是大言不慚，現在連去監獄探望李家興的勇氣也沒有。

我不敢愛李家興，也沒資格愛李家興。愛是否需要資格我不知道，但我確定：王家恩沒資格愛李家興。

我好想你。

SUN.

大舅嫂打電話來質問我這幾個月怎麼都對母子不聞不問。只要我還有一天在曾婉馨的配偶欄上，我就得繼續玩這場不明所以的家家酒。當初結婚是為了李家興，現在李家興都變成這樣了，扮家家下去也沒意思。

硬著頭皮上一趟陽明山，岳母和大舅嫂先後訓我一頓，大概一天二十四小時罵不嘴軟。大舅不在，估計他根本不把我當一回事，多少養一條米蟲，對他這種富可敵國的商人來說無關緊要。同是一家之主，他不可一世的樣子，跟李大哥的親和天差地別。但他至少有個腦袋正常的妻子（雖然多話），而李大哥遇上瘋女人，就是根本上的差別。

思宇已經讀國小，他以前很喜歡跟我玩，就算我成為繼父也是。不過才被帶上山幾個月就變個人，沉默寡言，吃飯、讀書、睡覺，都聽岳母一個口令一個動作，像是機器而不是孩子。曾婉馨還沒瘋掉以前最怕岳母，我現在總算見識到比那個女人更可怕的控制狂。

至於那個女人……我不時聽到從房間傳出來她的尖叫，等她吃過鎮定劑，我被岳母叫進房間看她。她被布條栓著，像數學課本上被綁住放牧的牛，只是場景換成雍容華貴的臥室。我刻意安排獨處，告訴她我準備離婚。

原本看她兩眼恍惚的樣子，以為會不假思索地答應。沒想到我說出探望李家興，那個女人的眼神立刻凶狠起來，連珠似砲對我冷嘲熱諷，說她絕對不會答應離婚，絕對會監視我，絕對會折磨我，只要我還想著李家興，我就得代替他接受折磨。

最後我被趕出房間，又被大舅嫂訓話威脅，要我別丟何家的臉，記者的事情已經派人解決。說到記者，我只記得那個名字奇特的錢乾乾，萬應公說可以相信的人。但是大舅嫂說的話，似乎另有其人？

SUN.

每逢週五就會接到大舅嫂的催促電話，四次之後我就知道一個月過去了，非常準確的計時器，只是很吵。起初稍微在意那個女人的警告，不敢隨便出門，害怕被監視甚至暗算。但是過幾天想想，不過就是瘋子的狂言，所以我又開始出門閒逛。
看到旗幟、傳單和布條，還有龜速的宣傳車，才驚覺選舉日快到了，今年還綁一堆公投，反核食、要核四、護愛家、挺平權，資訊量太多，題目跟說明竟然一時半刻沒能看懂，但我出門的愉快情緒，很快就被這些熱烈的口號燒成灰燼。
提著食物逃回屋子，李家興離婚後也是這樣生活嗎？外面亂糟糟、家裡空蕩蕩，無依無靠的生活，縱使鼓起勇氣面對，背後還隱約有著詛咒，怎麼可能不會瘋掉？
對不起李家興。對不起李思妤。我好想你們。我好想你。

SUN.

大舅嫂的電話又打來四次，我就知道一個月過去了。選舉越來越近，外面越來越亂，我只敢晚上出門，還不敢招計程車，以免又有人跟我聊政治。
走在不睡的士林跟深眠的台北之間，我感到一絲放鬆，熱咖啡裝進紙杯的氣味，是入秋的徵兆。站在騎樓下捧著咖啡的我好像在祈禱，且超商斜對面剛好是土地公廟。

想起李家興總是說神不存在，我現在知道他說的是真的。而你，你也從不存在，遑論你怎麼忍心讓我的詛咒發生、卻令我的祈禱失效？只有鬼是真實存在的，我們的噩夢、我們的惡意，養成萬劫不復的鬼。

那間土地公廟看起來很普通，偷走香油錢也不會被報復的那種。我想起那間駭人的小廟，突然渾身發顫，一口氣把燙舌的咖啡喝掉。

MON.

記得開庭和結案之後，那個年輕記者常來煩我，現在定時被大舅嫂煩，讓我想起那個記者很久沒有打電話吵我了。

當初不該糾正他我愛的是李家興，他會不會把我跟曾婉馨的真相告訴李家興呢？該死的我現在竟然找不到他的聯絡方式。

大舅親自打電話要我上山，聽起來是最後通牒。做曾婉馨的丈夫怎麼這麼麻煩？祝我好運吧。

SUN.

被叫上山一週，扮演好繼父跟女婿的角色，還算勉勉強強。但是扮演丈夫、曾婉馨的丈夫，實在牽強。那女人已經不再被豢養在房間，與她同寢變成我的工作，我很害怕她深夜藉口殺死我，幸好她沒有那麼瘋。她幾乎不和我說話，每天只關心思宇，熱情到思宇的肢體語言都想躲避他的母親。即使如此，那女人還是抓著思宇又親又抱，好像寵物狗。

我上山時大舅早就不在，岳母警告我大局當前不要亂來，本來還不懂那是什麼意思，問了一句，岳母只說我自己心裡清楚。難道我是Gay的事情早就東窗事發？既然如此又何必強迫我留下？這件事情反倒激起我對公投案的好奇。查了一下就知道，大舅經營的天堂玻璃企業聯署愛家公投，跟大舅針鋒相對的何榮耀，用自創品牌人間琉璃公開力挺婚姻平權。雖然這根本無法撼動天堂玻璃企業的帝國版圖，但人間琉璃的名氣水漲船高。

有錢人的煩惱，就是這麼樸實無華，且無聊。

SUN.

原本自認對政治無感，但是大企業的明爭暗鬥，提供我一些久違的樂趣。我開始研究公投案的文宣，甚至按時收看電視辯論會。反同志的言談荒腔走板，真讓我大開眼界。如果我是何榮光，應該立刻跟這群妖魔鬼怪劃清界線。不過我不是他，我只是每天晚上九點半固定時間打電話說晚安假裝愛家的丈夫。

看著所謂「前同志」分享自己每次都是無套性交，我也難免緊張，忍不住去做匿名篩檢。寫上姓名的時候，還會擔心留下蛛絲馬跡被婆家發現，一時心急寫下路人甲。今天通知信寄到，看到路人甲三個字，還以為是惡作劇。至少我身體裡沒有愛滋病毒，這事讓我鬆一口氣。

月底就是投票日。看著婚姻平權公投辯論會，我有一種可以抬頭挺胸說話的自信。

SUN.

越接近投票日，我就越坐不住。去過好幾次三溫暖，甚至到二二八公園，好想再遇到那個混血兒，我這是精蟲衝腦吧？雖然沒有對象，但我好想現在！立刻！馬上！就有一個對象，讓我好好地擁抱他，告訴他我已經看透愛的浮誇與不堪，即使如此，我也願意愛他。

SUN.

晚睡晚起的我昨天乾脆不睡，邊吃早餐邊排隊等待投票。雖然不少政治狂熱者比我還早起排隊，但我不到半小時投完票，投票所外已經大排長龍。

睡個回籠覺後打開電視，大家都在抱怨排隊太久，台北市甚至一邊投票一邊開票。

守在電腦前，看著公投案的開票數字，逐漸呈現斷崖式的差距。愛家公投的贊成票來到五百萬張時，我突然感到惡寒，一直發抖，隨後上吐下瀉，趕快吞幾顆藥才好些。也許不該吃藥，就這樣折磨到死，反正這個社會想要同性戀死，我就死在這，也不會有人發現我。

曾經有個人救過我，那個人現在在坐牢。在那之後，就再也沒有人在乎過我的死活。而我現在，連做個人的資格都沒有。

MON.

昨天寫完日記後，大嫂打電話來，我回以沙啞加鼻音，讓她明白現在叫我上山只是散播疾病。她命令我在家養病，會請家醫跟私廚來士林照顧我。話鋒一轉，說曾婉馨已經可以出門，帶思宇上下學，不過還是要僕人陪著，才不會讓人發現曾婉馨在自言自語。大舅嫂叫我做好心理準備一家團圓。

誰跟那女人一家？本該是李家興啊。

誰又跟我一家？

TUE.

一睡醒就發現兩個陌生人出現在客廳，真是嚇到命除。老男人是家醫，檢查我的身體、幫我打了點滴之後就走，留下廚房的壯漢私廚。打點滴時很無聊，頂住沙啞的喉嚨和私廚聊天，他叫崇達，已經是個有婦之夫。

午餐後午覺，鈣片情節夢裡上演，我也真夠渣。但這是我這幾天唯一能夠慶幸自己還活著的迷幻藥，就讓我苟且得過吧。

SUN.

在崇達三餐照顧下，我的病大概三天好得差不多了，但我還在裝病，享受他給我的照顧，就好像我們是住在這裡的一對同志情侶。可惜他只被委派來這裡做菜一週，快樂的時光總是過得特別快。

今天是崇達最後一天在我身邊做菜，我忍不住請他做幾道能帶去探監的菜，還塞錢請他保密。當他準確地說出「會客菜」這個詞彙，我對他閉口不談的過去，多少有底了。

MON.

之前大病在床的時候，心裡想著反正不被當人，又能厚顏無恥活著，那探望李家興還有什麼可怕的呢？

抱著假裝坦然的心態出發，直到看見削瘦平頭的李大哥，我又什麼話都說不出來。李大哥問我曾婉馨和思宇的事情，我只敢答一半。雖然是些零碎的回答，好像讓他放心不少。

李大哥說記者來過，我想應該是錢乾乾，但他沒說我的事情。至於他跟李大哥說了什麼，不論我怎麼問，李大哥都搖頭沉默。我看著他身後的時鐘，秒針踢正步，一格一格地過，不回頭也不能回頭。我下定決心開口坦承，才發現我竟然把自己的牙齒咬破。

坦承我愛他和我假結婚，李大哥先是目瞪口呆，接著抱頭痛哭。我感受到眼眶灼燙，但我盡力不讓眼淚遮擋，遮擋我記住眼前這個人的全貌。

會客時間結束前，李大哥只說一句沒頭沒尾的謝謝。

我不斷地忍耐，直到回到屋子裡，才哭成一攤爛泥。但我的眼淚又如何？李家興跟李思妤已經回不來了。

WED.

又忍不住回看以前的日記，我當時到底哪根筋不對，以為曾婉馨的魔鬼提議可以救助李家興？王家恩啊王家恩，你個白癡，這麼笨居然沒死，真是卑鄙，真是僥倖。

人說萬應公廟有求必應，反正我死不足惜，能不能拿我這條命一搏，把一切恢復原狀？

FRI.

萬應公廟不見了，廟公也不見了，留下一個都更建案，這是在耍我嗎？

不死心的我打電話去問建設公司，負責人說繼承土地的新地主同意賣地，廟公卻一個多月不見人影，最後逕自請道士作法七天才敢動廟。而且禮儀師打開收納骨灰罈的暗室，發現只有一個破裂的骨灰罈，裡面連一抹骨灰都沒有，空空如也。

隔著發熱的手機，聽負責人繪聲繪影的描述，感受他足堪擔任戲說台灣編劇的才華，我只有無解的感嘆。

SUN.

雖然王先生傳給我的食品工廠現在不歸我管，名義上我還是廠長，有時候還是得回去一趟，才能繼續當隻米蟲。這次回去，裝模作樣翻看看不懂的帳本、簽名蓋章，不過也因此在訪客簿上面，找到錢乾乾的聯絡電話。另外還有一個姓招的酒吧老闆也找我？電話過去是空號。

MON.

跟錢乾乾見面時嚇了一跳，他和我第一次見到的樣子截然不同。第一次見面時，是個為達目的不擇手段的年輕人，現在看起來是隨遇而安的歡喜和尚。

我請他停止報導，他說他早就不做記者，自然也不會繼續寫報導。我問他現在哪裡工作？他說打工旅行，也許春季可以上山採茶。我又問他為何去探監？這是個嚴肅問題，他竟然靦腆笑說一些私事不便透露，真是怪人一個。

我問他知不知道萬應公廟的事情，他說不知情，等他再訪的時候已經變成建案。他還反過來笑我現在比較像記者，問題一個接一個。

我自討沒趣想走人，他突然說道也許李家興根本沒發瘋，說完也要走人。我不顧顏面大叫他的名字，要他解釋清楚，他卻回答我他已經不叫錢乾乾了。

是不是我不該跟李家興坦白的？我好像犯下大錯，但是來不及了。

TUE.

作夢：全白的世界，李家興穿京劇服，雙手捧著一件洋裝，踢著正腿。我站在他面前，他作勢要勒我，又不勒；曾婉馨站在他身後，他作勢要抱，又不抱；一個胖男人站在他右邊，他作勢要揍，又不揍；一個瘦女人站在他左邊，他作勢要牽，又不牽。原來是他手上那件小洋裝，綁住他的雙手，像是古代的枷。

看著李家興困在我們四人之間，捧著小洋裝進退不得，竟然沒有一絲憐憫的感覺。他站穩腳步，唱起垓下歌：力拔山兮氣蓋世，時不力兮騅不逝，騅不逝兮可奈何……歌還沒唱完，曾婉馨拔起他腰間的劍，朝他胸口刺下去。接著，胖男人和瘦女人也做了一樣的事情。當我也正要從他腰間拔劍的時候，我卻拔不起來。低頭才發現，我的雙手也被一件小洋裝綁住了。

再抬頭的時候，全部的人，李家興、曾婉馨、尹志豪、許書偉，甚至李茜，全部的人，都要拿劍殺我。

驚醒而逃過追殺。以此為記。

SAT.

自從前天做噩夢，這幾天我都睡不穩，躺床兩三小時就驚醒，翻來覆去才睡著，然後再驚醒。還想乾脆起床打電動，不知道是不是因為失眠，竟然看著螢幕暈眩。難得看看書、寫寫字也不錯，都快忘了以前想要寫小說寫詩。現在不過是隻安安分分的米蟲。

MON.

大舅嫂凌晨打來，打斷我寫詩的興致。本來以為是斥責我作為丈夫或繼父的失職，結果告訴我李家興有信給我，叫我趕緊去律師事務所。

TUE.

李家興。李　家　興　李家興　木子　宀豕　臼同六

李家興　走了

我還記得第一次見面時，他問我為什麼做保險業務。現在我眼前的，是他的遺物。一堆信件，寫給李花阿嬤的、他弟李家盛的、曾婉馨的、李思宇的、李思妤的，還有一封是給我的。

律師轉述監獄的說法，他是吞塑膠袋窒息走的。那些塑膠袋疑似是我送會客菜用的。我以為他走的時間，是大舅嫂打電話給我前不久。但律師說，這些信件大舅嫂和岳母都看過之後，才決定通知我的。

好個曾婉馨的家人，機關算盡死活，良心不會痛嗎？

他走的時間，是我做那場噩夢之前。

SUN.

我趕著把信送到李花阿嬤家，想見李家興最後一面，卻沒能趕上。李家盛告訴我，家裡沒什麼錢治喪，李家興又是人犯，他們只好早早火化了事。

我在李家興萬華老家裡，陪李花阿嬤唸過好幾部佛經。阿嬤說，李家興生前修行不夠，又造了孽，很慶幸多我一個人為他唸佛消業。

這麼多年來，我深怕再見到阿嬤，就是怕她責備我破壞她孫子的家庭。沒想到阿嬤沒有罵我，反過來謝謝我。我忍不住失態大哭，阿嬤還安慰我。李家興曾經的溫柔，大概是遺傳李花阿嬤的愛吧。

SUN.

這本 BIBIE 差不多要寫到末頁，這也許是我最後一篇。如果是，就讓我燒了它，重來我的人生。

我剛下山。拿信上山去，我對葉任純和何曾茵茵挑明，我就是男同志、我就是假結婚，我現在要離婚。何曾茵茵只說她早就知道我們是假結婚，至於離婚，決定權在曾婉馨手上。

曾婉馨的狀況，跟上次相比，有過之而無不及。除非思宇去上學，不然曾婉馨不論何時都把思宇帶在身邊，就連更衣室和廁所也不放過。思宇經常投以求助的眼神。但是，除非何曾茵茵派人強制介入，不然連我都無法把思宇帶離曾婉馨身邊，我手臂上甚至留下她咬我反抗的瘀青牙印。

至於離婚，曾婉馨的反應居然是隨便我。她說她有思宇就可以了。回到這個荒謬的、假結婚的家，這個家出現，是我愛李家興的證明，也是李家興恨我的原因。既然他已經不能再恨我，而我也不能再愛他，這個虛偽的家就不必存在了。

＊

我終於有勇氣打開信。

「謝謝你　對不起　謝謝你　再見不如再也不見　再見了　李家興筆」

給我的信，就這麼一句。

再見了，李家興。人間和地獄不遠，我想我們很快就會再見。

說故事 017

萬應

作　　者：明　渺
美術設計：徐莉純

發行人兼總編輯：廖之韻
創意總監：劉定綱
執行編輯：錢怡廷

法律顧問：林傳哲律師 / 昱昌律師事務所

出　　版：奇異果文創事業有限公司
地　　址：台北市大安區羅斯福路三段 193 號 7 樓
電　　話：（02）23684068
傳　　真：（02）23685303
網　　址：https://www.facebook.com/kiwifruitstudio
電子信箱：yun2305@ms61.hinet.net

總 經 銷：紅螞蟻圖書有限公司
地　　址：台北市內湖區舊宗路二段 121 巷 19 號
電　　話：（02）27953656
傳　　真：（02）27954100
網　　址：http://www.e-redant.com

印　　刷：永光彩色印刷股份有限公司
地　　址：新北市中和區建三路 9 號
電　　話：（02）22237072

初　　版：2021 年 11 月 24 日
I S B N：978-626-95360-1-6
定　　價：新台幣 380 元

本著作內容獲文化部青年創作獎勵　文化部 MINISTRY OF CULTURE